Esencia
Gloria Arredondo

© 2014 Esencia
Gloria Arredondo
1ª edición
ISBN: 978-0615989617
Diseño de portada Jose Arredondo

Dedicatoria

En el tiempo más oscuro de mi vida, fue cuando más signos y milagros aprecié a mi alrededor. Carteles, palabras de amistades y líderes de mi iglesia y venía a mi alguno que otro sutil pensamiento que cauterizaban mis heridas. Resumí tantos mensajes en una carta, pensando en qué me diría mi Creador si lo tuviera frente a mí. Ahora la comparto con las personas que necesiten escuchar las mismas palabras. Al igual que este libro, comparto esta carta dedicando mis letras a mis hijos y el resto de mi familia, al igual que a ti, mi estimado lector.

Mi Amada(o) Hija(o):

Hija mía, quiero que sepas que siempre estás en el lugar correcto, en el tiempo correcto. Haz lo que deberías estar haciendo, Yo sé quien debes ser. Todo lo que te pasa es para tu bien, porque Yo estoy en control.

Cuando sientas que estás yendo en contra la corriente y te veas exhausta, para. Déjate llevar por la corriente del río que es la vida y él te llevara a tu destino. Está en ti disfrutar del viaje, ver todos los escenarios, los cambios de estación y pon atención a todos los detalles. Estos harán de tu viaje uno único. ¿Habrá turbulencia?... ¡Claro que sí!, es natural. Solo tendrás que asirte más fuerte de Mí, porque siempre te mantendré a flote. Habrá rocas, troncos y otros obstáculos para intentar detenerte, sin embargo tienes el poder de esquivarlos o quitarlos. Confía en mí. Mi propósito no es hundirte si no asegurarme de que llegues a tu destino,

Hija mía, te he dado regalos únicos por ser mujer. Cuando tengas días difíciles, muchísimas cosas que hacer por los tuyos y sientas que tus fuerzas se acaban, mira a tu alrededor y presta atención, porque nunca estoy lejos de ti. Aprende a escoger tus batallas, habrá ocasiones que deberás retirarte o dejar ir las cosas que pensabas importantes. Tú llevas a un guerrero dentro de ti. Por igual, eres hija de un Rey, eso te hace una princesa. Compórtate como tal, viste, habla, piensa, respira y trata a todos como lo que eres, Mi hija y nunca olvides tu divinidad.

Mujer de paz, si eres humilde ante tus tribulaciones, Yo te liberare de ellas pronto, por medio de la expiación de Cristo. Tendrás experiencias que disminuirán tu visión. Pero enfócate en el Salvador. Tengo una visión de lo que puedes llegar a ser, pero te tomará fe y coraje. Cuando emules

todo lo que has visto a tu Salvador hacer, enseñar, orar, alentar, y sanar,
entonces verás tu mismo esa visión de lo que puedes llegar a ser.

Cambios vendrán a ti, dándole un nuevo orden a tu vida. Yo te
bendeciré a ti y a tu familia. Debes actuar en esa visión de ti misma.

Te he dado un sistema de navegación, el Espíritu Santo. Déjalo
guiarte y enseñarte. No abandones las cosas buenas o tu mente oscurecerá.
Si no las abandonas, recibirás todas mis promesas que son de luz. Y así
sobrepasarás todas tus pruebas.
Mi querida hija, Yo haré por ti, lo que no puedas hacer por ti misma".

Introducción

La historia de una escritora defensora de los derechos de la mujer, controversial y poeta erótica.

Mis padres se divorciaron cuando yo apenas tenía 5 años de edad. Muchos de los recuerdos que tenía de mi niñez eran muy dolorosos, pero logré borrarlos y evitar así, durante la mayor parte de mi vida, volver a vivir en mi mente aquellos momentos de dolor. Fue en aquella época de mi vida en que me volví una niña miedosa, insegura, lloraba por cosas insignificantes y acumulé con una gran cantidad de fobias. A lo largo del tiempo he podido visitar en mi mente aquellas etapas dolorosas de mi vida, con el objetivo de identificar las heridas, sanarlas, perdonarme y perdonar a aquellos que contribuyeron a formar esas heridas. De esta forma he llegado a ser la mujer que soy ahora, la que tiene el papel y el lápiz para contar una historia, en este caso, mi historia.

Recientemente recordé el día en que mi padre se fue de la casa. Recuerdo haber corrido tras él y alcanzarlo antes que pudiera cruzar el umbral de la puerta. Me abalancé sobre él y logré aferrarme a una de sus piernas suplicándole que no se fuera. Este episodio también lo recordé hace un año atrás, mientras asistía a una clase llamada: "El arte de contar historias". Me encontraba parada en el escenario, a vista y paciencia de todos los alumnos de la clase, cuando me preguntaron que cuál era una de mis metas. Mi respuesta fue que quería escribir un libro, el cual titularía: "El divorcio mirado con los ojos de un niño". Las preguntas sobre el tema continuaron sucediéndose una tras otra hasta que finalmente logré trasladarme hacia mi niñez. Este ejercicio se convirtió en una experiencia casi traumática para mí, pero me ayudó a encontrar una respuesta: los hombres siempre se van. Este mensaje quedó grabado en mi corazón y me penetró hasta el alma. De allí en adelante mi vida estaría regida tomando como base esta premisa.

A los 14 años de edad llegué a los Estados Unidos procedente del estado de Guanajuato, México. Desafortunadamente no recibí una bienvenida muy cordial por parte de mis compañeros de escuela. No hablar el inglés me hacía sentir como una sordomuda y es por eso que mis mejores clases fueron las de ciencias, donde la tabla periódica de elementos, las fórmulas de física e incluso las reglas algebraicas, son las mismas en cualquier idioma. A los 16 años me gradué de la escuela secundaria y comencé mis estudios universitarios en una institución educacional de la comunidad.

A los 18 años recibí mi diploma en Artes y Ciencias y posteriormente me matriculé en Politécnico de San Luis Obispo donde comencé a estudiar Ingeniería Mecánica. En esa carrera tuve que desenvolverme en el mundo de los hombres, lo que algunas veces presentaba un desafío para mí. En la mayoría de las clases yo era la única mujer, o la única hispana, o la única que no tenía estatus legal de permanencia en el país en aquel entonces. Fue todo un reto, ya que la competencia académica era fuerte, se percibía un ambiente racista por parte de la administración, sin mencionar el clima antiinmigrante que había en aquella época y que impulsara el gobernador Pete Wilson.

Las puertas se abrieron para mí en la universidad estatal "California State University, Northridge", donde recibí una beca por la duración total de mi carrera. Fue justo en aquella época y con 20 años de edad, que contraje matrimonio con un compañero de universidad. Recuerdo que la carrera se me hizo cuesta arriba por lo demandante que era y los desafíos que significaba un matrimonio que recién comienza. Esto me llevó a pensar en mudarme de carrera, pero cambié de opinión cuando un profesor me preguntó en una ocasión que qué diablos estaba haciendo allí y por qué no estaba en mi casa haciendo bebés. Esto sirvió de reto para mí y decidí acabar aquello que había comenzado. Obtuve un diploma en Estudios Chicanos con enfoque en la mujer tercermundista y fui la única mujer que se graduó de Ingeniería Mecánica en el año 2001. Creo que en ese entonces nació el feminismo que hay en mí.

Después de 14 años de matrimonio mi esposo me sorprendió con que quería el divorcio. Fue algo totalmente inesperado y una estocada mortal para mí. En el afán por mantener unida a mi familia, no fui capaz de darme cuenta cuándo empezó el deterioro en mi relación matrimonial. No sé si fue durante los primeros años de casada producto de la presión por los estudios, los trabajos, etc., o cuando mi cuerpo sufrió una metamorfosis como consecuencia de una cesárea, con mi piel llenándose de estrías y colgando por donde nunca antes lo había hecho, o cuando tuvimos un hijo con necesidades especiales al que le dedicaba tiempo en las terapias y en su rehabilitación, o cuando compramos la casa de nuestros sueños, el carro del año y los gastos eran cada vez más fuertes, o cuando dejé de trabajar para convertirme en ama de casa, o cuando… ya que importa!. Nunca pude tener una respuesta a esa pregunta, pero siempre busqué que fue lo que hice yo para ser merecedora de lo que me pasó.

Después del divorcio me tomó más de un año encontrar las respuestas. Pude entender que durante nuestra relación dejé de quererme a mi misma. Comencé a ver un monstruo cada vez que me miraba en el espejo debido a que había aumentado mucho de peso. Fue tanto así, que llegué a odiar mi cuerpo debido a la obesidad. Eran tantas las emociones negativas que se me habían acumulado que tenía enfermedades de todo tipo; apnea, reflujo, sinusitis crónica, migrañas, etc. Vivía mis días con dolores y me sentía tan miserable que no era capaz de ver lo que había enfrente de mí. Me transformé en alguien que yo no era. Cambié para satisfacer los gustos y deseos de otra persona.

Me gustaba hablar en público, ayudar a las personas a mi alrededor, conectar con la gente, escribir, bailar, arreglarme para verme siempre más bonita. De pronto dejé de hacer lo que más me gustaba y lo que es peor, ni siquiera hice nada frente a la opinión sesgada de mi ex-marido quien decía que me había transformado en una persona chismosa, dramática, intrusa, despilfarradora y perezosa. Para evitarme problemas me quedaba callada y me tragaba mis puntos de vista hasta el grado de que llegué a ser prácticamente invisible. Me mantenía preocupada y ocupada en el bienestar de todos los demás, menos el propio. Mis dilemas eran que prepararía de cocinar ese día o qué otra actividad podrían tener mis hijos. Era miembro de un comité de padres de familia, servía como voluntaria en la iglesia y al final del día terminaba exhausta sin que nadie reconociera mi trabajo. Finalmente llegué a pensar que no fue suficiente ser buena madre y esposa, activa en mi iglesia y en la comunidad, cuando nuevamente vi partir de mi vida a un hombre importante. Fue una partida devastadora. El sentimiento más horrendo que invadió mi ser, fue el que no era suficiente mujer. Aprendí de una gran mentora, como aumentar mi feminidad al escribir poesía erótica y sensual. Descubrí la forma más sana de sanar a la mujer en mi… y de ahí, que nace este libro.

El primer año de separación fue muy duro porque sentía que el tiempo transcurría demasiado lento, que el dolor recorría mis venas, me costaba respirar y en ocasiones no sabía cómo había sido posible levantarme de mi cama. Pero afortunadamente encontré un buen sistema de apoyo que me ayudó con actividades para sacar de mi sistema las cosas negativas, a integrar el ejercicio como una parte vital para mi salud, asistí a seminarios y clases para aprender a superarme, tomé clases de baile, hasta que comencé a llenarme de la Gloria que siempre he sido. Comencé a ver como cicatrizaba mi corazón y a gozarme de que palpitaba como un órgano sano una vez más. En este camino que me tocó recorrer me encontré con muchas mujeres que pasaban por lo mismo que yo, las historias eran diferentes, pero las etapas eran muy similares. En mi sed por conocerme a mi misma, aprendí a conocer el comportamiento de los hombres y las mujeres y en ese momento comenzó a aflorar en mí el deseo de ayudar a otras mujeres que estaban pasando, o habían pasado por la misma situación que yo. Hoy día puedo decir que he dado una gran cantidad de seminarios sobre diferentes temas, comenzando por el proceso de sanación, siguiendo por la etapa de encontrarse a sí misma, para terminar con diferentes formas para encontrar momentos de placer. Me convertí en la Gloria que hace lo que le gusta y le apasiona, la mentora, conferencista y escritora. Lo que pensé que fuera el tiempo más oscuro de mi vida, se convirtió en mi despertar a una nueva vida, mi propia vida, la cual escribo, edito, borro y cambio, todo como a mí me place.

Gloria Arredondo

Índice

Dedicatoria..5
Introducción... 7
Esencia.. 13
Princesa Azteca..15
Rito de feminidad..16
Rambita..17
Adolescencia... 18
Soledad..20
Te amo..22
Chocolate.. 23
Toreo............................ 24
Papá Soltero..25
Cuando la mujer se va...27
Necesito un motivo...29
Mares............................. 31
Route 66... 32
Tierra Caliente..33
Silao...34
Mi madre..36
Cine..39
Triangulo........................... 41
Pensamiento...42
Amistad..43
14 de Febrero...44
Sueño o realidad..45
El Volcan.. 48
Corazón...50
Cuando el amor llega..51
Sapos.. 54
Muñeca de cristal... 57
El Sexo...59
Visualización..61
Gratitud.. 63
Mi Ángel...66
Despedida... 67
Erotismo... 68

Esencia

En el cielo azul, en la nube más blanca hay un trono de un Rey, ser omnipotente, de amor y Gloria. ¿Y qué es esa Gloria de la que se habla? Beatitud, bienaventuranza, luz, esplendor, magnificencia, etc. Mi nombre, recordatorio que soy hija de este Rey. Desde niña recuerdo hablar con él y mientras crecía le veía como un Padre travieso que le gustaba probar mis límites con las experiencias que viví desde que tengo uso de razón. Nací en un 6 de abril, en mi religión se cree que es la fecha en que nació Jesucristo, yo solo pensaba que nací con su cruz.

Los peores momentos de mi vida me visualizaba enfrente de un inmenso mar, con olas gigantescas. Me sentía inmovilizada del cuerpo, pero sentía como la arena arrastraba los pies hacia las olas, cada una representando una experiencia dura. Unas me tumbaban, otras parecían ahogarme, más volvía a la superficie, una y otra vez.

Pero llego un momento crucial, mi cuerpo, mente y espíritu fueron volcados hasta el fondo. Allí recordé que era hija de un Rey. Me dio su mano y tiernamente me subió a la superficie. Me enseñó a nadar como los niños pequeños, sosteniéndome mientras pataleaba, después que fui confiando, me empezó a soltar sin apartar su vista de mí. Más tarde celebraba conmigo cuando nadaba ligera y apresuradamente largas distancias. Avance a grande prisa, porque ya no lo hacía en contra la corriente. Adopte cosas del mar, ahora soy efervescente y con energía limpia, como la espuma, porque deseche los sentimientos que me hacían pesada y lenta. Soy cómo las olas, vivo momentos intensos y llego a momentos de éxtasis al apreciar la belleza a mi alrededor, también de vez en cuando me agoto y desvanezco, pero siempre me vuelvo a levantar.

Cuando no soy mar, soy una hoja en el viento, que tiene libertad de volar con su imaginación a cualquier rincón del mundo, sin nada que la detenga. Fui montaña cubierta de hielo y espinas, dormida, considerada materia inerte. Más que nada, montaña errada porque soy volcán. Soy una mujer que vive con propósito, pasión e intensidad mi vida. Despido mi esencia y llego a ser memorable para muchos dependiendo del momento o circunstancias de ambos al conocernos.

Me rige la luna, porque tengo ciclos femeninos bien marcados, usualmente pasó por estados de tristeza, que desaparecen rápidamente. Tengo uno que otro ángel que me eleva. Soy un ser de luz, gratitud, amor y perdón (por lo menos trato). Al despertar, mis primeras palabras son gracias, gracias, gracias al dador de vida. Mantengo mi cuerpo en movimiento, mi mente en paz y en silencio al meditar, hacer declaraciones positivas y conectarme visualmente con Gaia (madre tierra) y mi Padre Celestial. Llevo también un libro mágico, agradezco por todo lo que ha de venir cada día.

Me esfuerzo diariamente en radiar esa esencia de mujer divina. Ya no busco, no necesito buscar, ya no encuentro, no necesito encontrar, sólo me alienta mi necesidad de compartir mi luz. Estos escritos son parte de ella, una luz transparente a veces y otras opaca, difusa en ocasiones y otras nítida, cegadora y leve otras, como mi vida, como la vida, con matices de colores entre el blanco y el negro. Trato de hacer honor a mi nombre y brillar con la esperanza de iluminar para yo misma ver... y de ahí mi seudónimo "Glo (glow) Essence", esencia que brilla.

Princesa Azteca

Me llamas tu "Princesa Azteca", me mimas y enredas delicadas orquídeas en mi pelo. Mi cuerpo recorres con las plumas que arrancas de la piel que cubre mi piel. Juegas con tus labios en mi vientre a la matatena, con las turquesas, ónix y corales que adornaban mis oídos, cuello y tobillos. Me recorres con tu nariz larga, cada rincón oliendo mi piel, cocoa tostada. Eres tan fuerte y apuesto y yo tan liviana en tus brazos. Te gusta que mi cuerpo también huela a chicle, como no oler a este, si restriegas mi espalda en su árbol tantas veces, mientras tus manos se llenan de mí y después acaparan nuestra miel que se derrama al devorarnos. Te pido que al frotar mis montes, pares en mi corazón y lo arranques de raíz. Hazlo tú, es el privilegio que te otorgo. Entiérralo en la cima de una montaña y disfruta de sus flores y eróticos aromas, mientras mi cuerpo yacerá en el fondo de un cenote. No me importa que me sacrifiquen por amarte, al contrario, Tezcatlipoca, hará radiar más el sol, porque el fuego que me provocas, ni con la muerte se apagara. Coyolxauhqui (la luna) y los Centzon Huitnahua (las estrellas) encandilarán a los amantes por las noches. Tlaloc, dios "néctar de la tierra, agua preciosa azul", derramara agua dulce y afrodisíaca. Xochiquetzal, dará las más bellas flores en la tierra que llevara mi fertilidad. Amor, siempre estaré contigo durante el día o la noche, siempre a la par en tu andar, yo... tu "Princesa Azteca".

Rito de feminidad

Empiezo el rito de feminidad una vez más, enciendo los inciensos de rosa y vainilla, el cuarto a media luz, me desnudo lentamente y empiezo la meditación kundalini. El sonido parecido a las gotas de la lluvia instan mi cuerpo a temblar, desde los pies, las pantorrillas, los muslos, la ingle, las caderas, la cintura, los senos, los hombros y mi cuello lo giro lentamente en círculos. Los músculos se encienden hasta quemar, mientras cosquillas despiertan puntos claves, los poros parecen cascadas, aún los párpados se inundan. Al concentrar el movimiento de la cadera, órganos se estimulan. Se despiertan sensaciones deliciosas, desprendiendo miedos y barreras, se destilan aromas que liberan las lloviznas de la tercera agua. El halo de la piel enciende el cuarto. Al terminar, me sumerjo en la tina con sales y aceites. Ya relajada, voy a la cama sin prendas a esperar tu llegada.

Mis labios los dejo entre abiertos y mis piernas un poco más. Amor, mi cuerpo puede seguir viviendo sólo presintiéndote, pero mis labios no. Necesitan de tu humedad, de tu aliento, de tu rudeza y ternura, del sabor de tu lengua, y el ring, ring de tu campanilla. El beso es el termómetro que me dice como está tu temperatura, porque siento lo agitado de tu respiración, tu desesperación por devorarme y se te escapa uno que otro gemido de excitación.

Dime, ¿cómo es un beso por y con amor? ¿Son de esos que conectan el alma? los que despiertan sentidos al recordarlos los que son tan esenciales como el aire que se respira los qué aceleran el corazón de cero a cien millas por hora.

Entonces cariño, dejaré los rituales de meditación kundalini, por intensos rituales de besos con y por amor, aún si sufro el riesgo de un paro cardiaco.

Rambita

¿Maluta, mala, insensible, cruel, sanguinaria y despiadada? Depende del monstruo que enfrenté, el amor o el pasado, o el incierto futuro. Al fin y al cabo me llaman Rambita, por lo de un tal Rambo (armada y dispuesta a disparar). La falda la traigo bien fajada, es parte de mi coraza. En mi pecho y alrededor de mí cintura, un cinturón de balas, escondidas las granada. Cariño, soy una tierra minada y a reventar con dinamita. Así que ándate con cuidado, que si aprietas mal, los dos volamos. Mi corazón tiene un chaleco antibalas de kevlar y carbón. Espera creo que lo hice de acero frío inoxidable.

Mmmm, ¡ah, no!... ¡es de cartón!, en cuanto lo humedeces haces con él una pasta y figuritas para burlarte de él. ¿Miedo yo?... ¡Qué va!, sólo pruebo tu destreza para desmantelar una mercenaria. ¿Tu premio? ¡Ah!, ¿quieres motivación? Entonces, desmantela la primera capa y encontrarás sedas y encajes perfumados a esencia de mujer que despertara tus sentidos. Una capa más y encontrarás otro tipo de seda entre dulce y salada, que tus papilas envenenarán con Love Potion n°. 9. Si no mueres de amor y sigues un poco más, llegaras a mi alma. Aquí ya no palparás… ¡respirarás, lamerás, beberás de mi ser más nada!... porque ya seré ya parte de tu ser.

Adolescencia

Recordando los días de mi adolescencia, empecé a sentir un dolor de estómago y un sabor amargo en la boca. A los 14 años, mi familia se asentó en Bloomington, California. Me registraron en la escuela secundaria, Bloomington High School. Yo era una estudiante sordomuda, puesto que no entendía o hablaba nada de Ingles. Con esto empezó mi pesadilla.

Pasaba por los pasillos viendo la expresión de los rostros de los jóvenes, buscaba una cara amiga, que parara y me ofreciera un saludo caluroso o una sonrisa de afecto. Parecía que todos estuvieran enojados y yo fuera invisible. Pero encontré las miradas de un grupo de chicas de color. Mi cuerpo se cimbró cuando con odio me miraron. ¿Exagero? ¡No! Me empezaron a seguir todos los días por los pasillos a mis clases y no para hacerme compañía. Me gritaban "wet-back, go back home" (mojada regresa a tu casa/tierra), me gritaban una sarta de insolencias. Y por fortuna mía, tenía clases de educación física con todo el grupo. Tenía que cambiarme de ropa regular a la deportiva en el cuarto de los lockers, en donde no hay privacidad, es más había regaderas en donde las chicas se bañaban después de clase y estaban desnudas, una frente a otra. Para mí fui increíblemente impresionante, porque mi mama siempre puso mucho hincapié en el recato.

Bueno, yo tenía que llegar corriendo a ese cuarto, pero me encerraba en un baño a cambiarme, antes de que el grupo que me molestaba llegaran. Durante la clase, pasaban muchos accidentes sin mala intención decían ellas, recibía codazos, balonazos en el estómago o en la cara, me ponían el pie, no faltaba. Entre clases o durante el recreo, me escondía a llorar y llorar un poco más. Por fin encontré una jovencita hispana que me habló bien, pero no teníamos ninguna clase juntas y no hablaba bien el español. Un día me daba a guardar su monedero, se me hizo extraño eso y le pregunte el porqué. Me dijo que le escondiera su marihuana, me negué rotundamente. Ella se unió al grupo que me molestaba. Mi nivel de estrés era tan alto que me salió salpullido en las piernas y en los labios, al quitarme las costras, marque mis piernas y después las escondía. Un día no soporté más el acoso y abuso, porque hasta en el camión a casa me molestaban, así que fui con el director. Me solté en llanto, creo que lo asuste. Mandó a llamar a todo el grupo, me hizo enfrentarlas, no sé cómo no me desmaye. Terminaron siendo expulsadas y después serían enviadas a la escuela para estudiantes problemáticos. Pensé que todo terminaba allí, pero mi infierno siguió un año más en otra escuela.

Mi familia se mudó a otra ciudad por escasez de empleo. La población de estudiantes en la nueva escuela era mayormente de blancos y de nivel social muy alto. Nadie me hablaba, pero se burlaban de mi ropa humilde y me hacían muchos desprecios. Yo no comía en la cafetería, me iba a esconder al salón de matemáticas (el maestro me dejaba la puerta abierta). Opté por estudiar más y logre graduarme a mis 16 años de edad. Bloqueé mi recuerdo de tan amargos años de secundaria.

¿A qué viene mi historia? Hace unos días le pregunte a mi hija adolescente, si había leído un poema que puse en su facebook. Me contestó que ella no lee lo que la gente escribe en su muro, que hay jóvenes que escriben cosas crueles y si los borra también la acosarían en la escuela. Ya alguna vez tuve que ir a reportar maltratos a mi hija en la Junior High School que ella atendía. Ahora ella calla y llega molesta de la escuela de vez en cuando, pero ya no me dice.

Yo me involucro y pregunto lo que pasa en su entorno escolar y sé lo que mi hija presencia, jóvenes que tienen confusión sexual, que se hacen cortadas en las piernas y brazos para hacer físico el dolor interno, niñas bulímicas, anoréxicas, los que usan droga a muy corta edad, etc. No sé qué lleva a un joven a ser tan cruel, como para causar que otro piense en quitarse la vida, pero la presión es tan intensa que es la salida más apetecible. El ir a acusar y enfrentar al que acosa es casi imposible porque ya han inundado de miedo a su víctima, pero el hacerlo es el primer paso para acabar con ese mal que está infestando las escuelas. Estas instituciones deberían guardar a nuestros niños a salvo y educarlos, más a veces son una cámara de tormento que puede arrebatarle la vida a nuestros hijos si nosotros como padres no nos involucramos en lo ellos están viviendo allí adentro.

Soledad

Leí hace un tiempo una pregunta: ¿Cómo explicaría un pez, lo que es el mar? ¿Cómo definirías la palabra amor? ¿Cuántas variaciones de éste existen o tipos? Si es un solo su significado, ¿Cuál sería la diferencia entre hijo, amigo y amante?

Hay cosas casi imposibles de definir. Puedes intentar explicarlas, pero basadas en experiencias personales, haciendo su definición imprecisa y variable. Uno de estos ejemplos es la definición de soledad. Los sinónimos de soledad son: aislamiento, alejamiento, apartamiento, separación, orfandad, pesar, pena, congoja, melancolía, nostalgia, añoranza, tristeza.

En lo personal estas otras palabras no se prestan exactamente a explicar lo que siento cuando me siento sola. En realidad la soledad no existe, puesto que somos parte de una gran creación, rodeados siempre de algo o alguien, tangible o invisible. Sin olvidar la presencia de nuestro Creador. Cuando tienes hambre y no te alimentas, se siente un vacío y un dolor en el estómago. La soledad es un vacío en el corazón que duele intensamente. Es un dolor sofocante. Es sentir la necesidad de algo en específico, una sed de algo que causa ansiedad al no tenerlo. Para unos, es la compañía del sexo opuesto. Para otros es sólo la presencia de otra persona. El peor caso es que estando acompañado te sientas solo.

Cuando tienes hambre, lo puedes saciar con comida chatarra o golosinas, que no hacen ningún bien, puesto son algo que tu organismo no necesita. Pasa lo mismo con ese vacío, conocido como soledad. Lo puedes llenar de cosas chatarras que no te benefician en nada o nutrir el espíritu, mente y cuerpo de algo que te define. La soledad a veces resurge de una voz en tu inconsciente del pasado, "si no haces esto, te quedarás sola". En todo hay oposición, si tienes una vida llena de satisfacciones, habrá momentos de vacío para que aprecies los primeros. También la considero como una enfermedad que debilita al alma. La soledad es un sentimiento enfermizo que es un antecedente a la depresión.

¿Cuáles son los síntomas que te avisan de la proximidad de la soledad? Para mi es el cansancio, falta de apoyo en las mil cosas que tengo que hacer, la angustia o ansiedad. El no tener un abrazo o palabras dulces y confortables que te aseguran que mañana será un mejor día. Aunque no es de nadie la responsabilidad de llenar mi vacío, más que mía. Lo que no ayuda es el orgullo o soberbia de las personas que no permiten que sobresalga la humildad de aceptar que se necesita pedir ayuda, sobre todo la del Creador.

La salud se puede definir como ausencia de enfermedad. Y la enfermedad, como ausencia de salud. Si la soledad es la presencia del vacío, llena tu vacío en cuanto sientas los síntomas de la enfermedad.

Te amo

Yo te amo... porque fui invisible para otros y tú me pudiste palpar el alma... Te amo porque eres paciente con mi corazón impulsivo y arrebatado... Te amo porque navegas conmigo en mis ciclos de marea alta y en las estrelladas... Te amo porque eres necio y sigues ahí cuando te mando al diablo, en mis etapas menstruales... Te amo porque te gusto rebelde.

Te amo con todas tus inseguridades, que si se te cae el cabello, que si tienes más hilos de plata, que si ya no cubre tu frente... Te amo con presión o sin presión, endulzado o desabrido, con el sube y baja de tu peso... Te amo con piel flácida, salada... Te amo por las mañanas, como soldado erecto y con aliento a rayos... Te amo por tus textos ocurrentes durante el día, y tu creatividad por la noche... Te amo por tu desarrollado lado femenino, sí, tus pechos abultados, sutileza, delicadeza y todo lo que termina en "eza".

Te amo por instarme a amarte 365 días por año, por los detalles, las flores (aunque sean pintadas), por el repertorio de canciones con mensaje, por tus mimos, por cada palabra amable, por cada pensamiento que me dedicas, por buscar siempre mis ojos y saborearte al ver mis labios, por...

Te amo por amar un paquete de tres... Te amo por estar en mis sueños, por darme alas y bajarme a tierra cuando lo necesito... Te amo por las conversaciones más amenas, desde termodinámica, sistemas hidráulicos, los efectos medicinales del kamasutra y hasta la mitología griega, aunque a Sócrates no lo entienda... Te amo porque no te intimida toda esa masa encefálica en medio de mis oídos... Te amo por posar para mí como musa y dejarme pintarte con versos un paisaje... Te amo porque te gusta tenerme a la par contigo, luchando individualmente por propósitos en común... Te amo, ser de energía, alado, sin alas, humano imperfecto... Te amo con la esencia caliente de Marte y ojos con el brillo de mercurio, con aroma a cedro, o será ¿roble?, con el tacto de un ciego y voz de viento.

Te amo, te amo, ¡te amo!... pero sólo por amarte, porque sé que existes aunque no te conozca.

Chocolate

Déjame ser tu chocolate, dulce, adictivo, afrodisíaco y bueno para tu salud. Como tal, saboréame, chúpame, muérdeme y por último, déjame ahí, entre tu lengua y tu paladar hasta deshacerme e impregnar tus papilas del sabor de mi boca. Cautivare tu sentido del gusto como preludio de los demás y finalmente… ¡todos tus placeres serán míos!

Toreo

Sí, si te provoco, lo disfruto y ¡mucho! Vestiré sólo un capote rojo sobre mi piel aromatizada con jazmín, mimosa y la rara Gant Waterlily. Seré tu blanco, como en la Plaza de Toros. Seré ágil al mover suavemente mis caderas y me desplazaré con rapidez después de provocar el astado que llevas dentro. Haré que bufes, que rabies de ganas y que tu deseo sea animal. Sentirás mi aliento y mis labios rojos ardientes no los podrás morder. Te rozare provocativamente hasta que tu cuerpo se cimbreé, se alteré y entre roces, despeinaré tu cabello rebelde. Más mi cuerpo no poseerás. Será una muerte lenta, faena con éxtasis. Y ¡no!... no te cortaré las orejas, pero cuídate de las picadas con banderilla de carmín y la estocada final será con sable de querubín que tengo preparada para tu corazón. No podría faltar la penetrante mirada que sin tocarte, te provocará el clímax final. Te quiero rendido a mis pies, como lo he estado en los tuyos esperando en el mismo estado que ahora te tengo. ¿Mala? ¿Sádica? ¡No!... Sólo soy ardiente mujer carmesí y enamorada, que es lo peor.

Papá Soltero

Estudios nos dicen que el hombre alimenta su hombría teniendo trabajo, porque en él, resuelve problemas, tiene competencia, recibe dinero, es el proveedor, hay veces que día a día sobrevive a su trabajo pesado, por ser físico, peligroso o hace contribuciones intelectuales. El riesgo, lo imprescindible, desconocido, las actividades en donde se dispara la adrenalina son cosas que contribuyen al bienestar, o por lo menos incrementan su testosterona. Bueno, esto es lo que dicen los libros.

Una madre soltera desarrolla su lado masculino, entendido esto como las características propias del sexo masculino. Día a día se vuelve una madre soltera más fuerte de carácter, independiente, las prioridades en su vida cambian, a excepción del lado materno de ella. Ella preferirá, no tomar almuerzos para llegar más temprano a casa para hacer tareas asistir a las actividades extra-curriculares de los niños. Ella preferirá trabajar horas extras cuando no alcance el dinero, que tener el baño con las toallas y cortina del mismo color. Preferirá quedarse a lavar ropa que salir a darse un gusto. La carga es pesada y los momentos de desahogo son pocos. Pero tiene sentido para la mayoría de autoridades de la ley proteger a la mujer, otorgándole la custodia de los niños en un caso de divorcio.

¿Pero qué hay de los padres solteros? ¿No está en su naturaleza el ser padre y madre a la vez? He conocido padres solteros admirables que son aún mejores que algunas madres. Hace tiempo atrás conocí a un niño que le quitaron la mitad del cerebro y pensaron que nunca usaría su lado izquierdo, ni hablaría, por lo que nunca sería "normal", mas él se recuperó y vive una vida normal. El lado del cerebro que le quedó, sustituyó también las funciones de la parte que le faltaba. Sólo era cuestión de ejercitarlo más y forzarle a que usara el lado débil. El padre soltero tiene la misma capacidad de amar a sus hijos, de tratarles con ternura y amarles con el amor más puro y limpio, se les tendría que dar la oportunidad de desarrollar su lado maternal.

Desafortunadamente, cuando hay un divorcio y la guerra empieza, se vuelve un juego sucio de ver quien desacredita más el comportamiento, costumbres, situación socio económica del oponente. La credibilidad y la capacidad de cada uno son cuestionadas, hay veces que todo queda en la habilidad del abogado para manipular la situación o sólo en la decisión de un juez basado en lo tradicional. Que la mujer se quede con los niños, es lo más recomendable. Hay mujeres que usan esta decisión como arma manipuladora para hacerle la vida imposible al ex-cónyuge y le quitan el derecho de ser padre de sus propios hijos.

También he conocido padres solteros viudos, que tienen un giro de 360 grados en su vida y forzosamente tienen que cambiar su entorno. Dicen que el padre soltero, dura menos tiempo soltero que una mujer, por lo difícil que es serlo. ¿Será cierto? ¿Será parte de nuestra cultura que cuando una mujer enviuda o queda sola es muy difícil que quiera volver a casarse? ¿Será más fácil el autocontrol a una necesidad fisiológica para la mujer? ¿La soledad calará más al hombre que a la mujer? ¿O simplemente el hombre evade el tener que cuidar de sus hijos?

Lo único que yo sé es que la situación ideal para el crecimiento de los niños es estar con ambos padres en un hogar con relaciones sanas, aunque no sé si exista dicha situación, ya que no conozco relaciones cien por ciento perfectas. "La grandeza está en el empeño, no en el resultado", si un padre ama a sus pequeños y pelea por ellos, se le debería dar la oportunidad y confiarle el cuidado de sus hijos. Un papa soltero puede ser también una maravillosa madre.

Cuando la mujer se va

"El hombre es borracho, mujeriego, parrandero y jugador". ¿En dónde he escuchado eso? ¿Será la norma del hombre hispano o se aplica a todo hombre? Hay tantos mitos o creencias sobre lo que es la hombría. Hay palabras que se relacionan a la definición de lo que un verdadero hombre es, tales como: fuerte, responsable, proveedor, valiente, eficiente, con sentido común, estable, con dirección, constructor, guerrero, etc., y lo más importante... ¡un buen amante!.

Hay muchos hombres cabales, que se esfuerzan en ser buenos padres y esposos. Pero... ¿qué pasa cuando la mujer se va? He conocido muchos varones que ahora son hombres inseguros, llenos de complejos, amargados, resentidos, que se entierran en su trabajo o proyectos para solo seguir sobreviviendo y todo después de ser abandonados por su mujer. Los peores males son las creencias de "soy un fracaso", "no soy lo suficientemente...", "no tengo...", si le agregamos el ego dañado al vivir el abandono por un engaño de la cónyuge, es fatal.

La relación conyugal es como un rompecabezas que debería encajar perfectamente, mas no he conocido un matrimonio perfecto. Si hay compatibilidad física, intelectual, espiritual ya es una ventaja. El autor Walter Riso, describe a una pareja funcional, una que tiene los siguientes elementos: "eros (deseo sexual, la posesión, el enamoramiento, el amor pasional), philia (amistad de pareja) y el ágape (el amor desinteresado, la ternura, la delicadeza, la ausencia de violencia)". Cuando existen los tres hay armonía en la pareja.

También existe la deferencia en como cada individuo se siente amado, de acuerdo con los "Cinco Lenguajes del Amor", hay quien se siente amado con el uso de palabras de afirmación (de ánimo, amables, humildes, etc.), tiempo de calidad (unión, conversación, actividades de calidad, tipos de personalidad), recibiendo regalos (dinero y de uno mismo), actos de servicio (¿monigote o amante?), toque físico (contacto), el lenguaje de Dios (espiritualidad). La ausencia de una o más de las piezas del rompecabezas lleva a una persona a sentir un vacío. En su infelicidad hay mujeres que se tornan violentas físicamente, castigan o manipulan al hombre con el sexo, les humillan, etc. Pero… ¿quién le creería a un hombre que dice que su mujer le abusa? La vergüenza en aceptar que es abusado daña más aun su percepción de su hombría.

Conozco muchos amigos que su esposa los ha abandonado y no precisamente por abuso. Lo excitante e innovador de una nueva persona, la infatuación, puede deslumbrar a algunas mujeres y deja todo por nada. Hay mujeres que dejan atrás a sus hijos, siendo sumamente egoístas y crueles. En lo personal no les entiendo, mucho menos las excuso. Hay otras que al irse con su amante, se llevan a los niños consigo y no por su amor maternal. Usan a los niños para seguir recibiendo manutención y para manipular al exesposo emocionalmente. Así qué aparte de traicionados, los engañados tienen que seguir aportando a la felicidad de la que lo engaño y al otro. De ahí, que después hay hombres amargados, que cavan un agujero y se entierran en su trabajo o en actividades nocivas, caen en depresión, o simplemente viven muertos en vida. ¿Cuál infierno es mejor, vivir con una mujer infeliz o abusiva? O ¿vivir la traición y abandono de una mujer?

Hay pocos que se recuperan o vuelven a creer en el amor, cuando la mujer se va. En lugar de ver la nueva oportunidad que les dio para sanar y ser felices.

¡Hay el amor! tan complejo y tan deseado por todos. Edifica y destruye su fuerza, al no haber balance de sentimientos y razón.

Necesito un motivo

Necesito un motivo, sólo uno para cerrar los ojos y encontrarme contigo. Sé que sólo es cuestión de tiempo, lugar perfecto y de palabras mágicas ya antes escritas, un deja vú, un orgasmo mental. Conozco tus debilidades y de mis ganas no eres ajeno. Yo sé cómo envolverte, te envuelvo en deseo aún desde lejos. Al amarte lo hago con todos los sentidos, te desnudo con la vista, respiro tus suspiros, exhalo en ti cuando el aire te hace falta por tu agitado respiro, absorbo tu aliento y soplo de cerca todo tu cuerpo. Tus sonidos son un barómetro o velocímetro, que me indican lo que hacer. Te conviertes en mi fruta fresca, que insaciablemente me deleita. Te dejo derretir en mí, te muerdo y te como.

Mis dedos son ágiles, no en balde soy artesana y moldeo arcilla mojada haciendo de ella, una obra maestra. Sé de suavidad, palmear, deslizar, de precisión y el aplicar presión. Sé que tú también estás loco por tenerme, en sueños replicas movimientos y también usas todos tus sentidos en mí.

Tu mente me llama y yo le contesto, a veces en rituales indígenas, con aceites e incienso. ¿Hechicera? Siempre lo he sido. Aun quedándome ciega, mis ojos no perderían su brillo, por ser el faro que te guía hacia mí, soy tu destino.

Entre los rituales esta verme al espejo, ver la imagen en mis pupilas, esperando un día sea la tuya que las habita. Delineo mis labios y los embadurno de aceite de canela para aumentar su grosor y sean más apetecibles. Los recorro lentamente con mi lengua, los muerdo para tentarte y después te regalo la más deliciosa sonrisa.

Escojo el perfume y aceites del día y recorro mi cuerpo, no sé cuando aparez cas y te robe con mi esencia el pensamiento. ¿Sabías que el perfume tiene tres capas? El aroma que impacta e impone presencia y se evapora rápido. Después está el corazón de la esencia, es el que lleva un mensaje de pasión, lujuria o sólo dulzura. El último es la base, la que impregna cada poro de la piel y roba del amante la cordura. Por eso amor es tan importante para mí el aroma de mi piel, porque yo pienso volverte loco al impregnar tu mente de esencia de tu mujer.

Amarte cariño, es como amar al viento, dar besos al vacío del deseo y tener conversaciones con el silencio. Soy creativa pero la realidad es que te amo intensamente en la soledad, siempre sin respuesta. Alguien me preguntó ¿cómo sería mi Dios si no te llegase a conocer en esta vida? ¿Cruel? Él es siempre perfecto. Nos dará el milenio y otros universos para manifestar nuestros mutuos deseos.

Mares

Lo nuestro es un secreto que sólo lo saben los cuatro vientos. El deseo es tan fuerte que quema por dentro, yo te quiero completo, incluyendo tus pensamientos. Sí, soy muy egoísta. Pero ¡cómo no serlo!, siendo el ser más maravilloso, océano de mi universo. Eres mi complemento.

"Somos dos mares revueltos, con el mismo tipo de sal", tu sal que da sabor a mi vida y la mía que da sabor a la tuya. Los dos azotamos con la misma fuerza al subir la marea, arrastramos furia pasional por donde pasamos y la fuerza con que nos amamos es implacable en medio de nuestras tormentas.

Cómo la arena que nunca es la misma en un solo lugar, así de impredecible son nuestros encuentros de fuego en nuestra profundidad. No somos de este mundo por ser imposibles combinaciones de fuego y agua, somos la mejor versión de Vulcano y Venus. Juntos somos Mar Rojo, más nunca Mar Muerto.

Es imposible que exista el silencio de la muerte en tanta vida que hay en cada vaivén de olas bravas que chocan una y otra vez. Cada impacto provoca calor; el calor vapor; el vapor saturación y la saturación, una bendita llovizna que inunda el encuentro de los mares. Siempre me calmas después de la tormenta, más tienes cuidado en no apagarme. Después de cruzar a la orilla de la otra vida, el alta y feroz marea, las revolcadas de arena y transformación de nuestro entorno continuarán, más no serán lloviznas, serán diluvios eternos.

Route 66

Somos dos seres con alas destrozadas desafiando al viento al recorrer la Route 66, montados piel con piel en una bestia hermosa y cromada. Nuestra promesa, destellos provocados ante cada maravilla terrenal que veamos. Aunque ahora que llueve, te reto a no soltar por un segundo el manillar, ni parar mientras te hago travesuras. Empiezo despeinando tu pelo al quitarte el pañuelo que lo cubre y dejarlo ir con el aire. Te muerdo las orejas suavemente mientras araño rico a lo largo tus brazos. Me sostengo, cubriendo con presión tus pectorales, mientras acerco mi oído a tu espalda para escuchar tu agitado respiro. Pellizco tus pezones, como encendiendo la marcha, pensando que al igual que yo lo disfrutarás. Tu respiración lo dice todo. Camino mis manos hasta tus muslos y los masajeo presionándolos hasta la ingle. Desabrocho tu cinturón, no lo necesitaras el resto del viaje, me estorba. No, no, ¡no puedes parar! ¡Las manos en el manillar! Desabrocho tus botones y meto uno que otro cambio de velocidad y que acelerada me doy...Mmmm.

¡Gane, gane! Sabía que no resistirías. No hace falta que digas nada, ahora yo estaré piel con piel frente a ti, más no de espaldas, te dejo que te cobres cada travesura para seguir mojándonos, sobre mojado...

Tierra Caliente

¡Abrázame!, ¡abrázame fuerte! Déjame descansar mi Polo Norte en tu hombro, aunque no sé si sea mi norte, pues tu cercanía hace que pierda el rumbo. Tienes el efecto del triángulo de la Bermudas. Junto a ti siento más el calor del sol. Me gusta que deslices tus manos entre mis pobladas selvas, que mires directamente a mis lagos de aguas cristalinas hasta que su fondo veas y sobre todo que beses mi volcán en erupción, sacrifica tu vida en él. Te prometo hacerte inmortal si mueres en mí. Si me besas, harás que las venas de lava burbujeen hirviendo mis

ríos y océanos. Anda desliza tus manos tocando como sabes, todos mis continentes, ara mis campos y siembra más vida. Erosiona cañones con presión y sabrosas caricias. Detente a escalar y recorrer mis montañas y explora sin miedo mis cuevas y cenotes. Si visitas mi centro, cuidado que encandila su rojo vibrante y no lo toques porque quema. Rodea mi cinturón de fuego con firmeza, me siento muy femenina cuando haces esto, es como si me reclamarás tuya. Déjate rodar por mis curveados desiertos y sopla amor, sopla hasta formar la más intensa tormenta de arena. Sigue no pares, se implacable y forma tsunamis y apara las aguas del Niágara. Visita mis siete maravillas y llévate los tesoros que allí encuentres. Imprégnate de mi aroma, aceites exóticos de la India, toma también mi piedra más preciada, mi Shiva Lingam.

Amor, calienta mi Polo Sur. No dejes que su frío me recorra nunca más, caliéntame más con tu manto y témpanos derrite. Mi cielo, se geógrafo, geólogo, excavador, excursionista, escalador, lo que sea pero recórreme completa, porque yo soy tu terreno, yo soy tu planeta.

Silao

Homenaje a Silao, Guanajuato. El día 13 de julio de 1976, yo tenía solo un año de edad, cuando mi pueblito se inundó. Día de destrucción y pérdida de docenas de vidas. No lo recuerdo, más el pánico que me daban los truenos y la lluvia hasta mis 14 años de edad era muy real. Me contaba mi abuelita, que se subió con todos los trabajadores de la casa grande a la azotea y de allí se cruzaron a la casa del vecino que estaba en proceso de construcción su segundo piso. Mandaron una tolva a sacarnos de la casa del vecino, después de unos días. Todo este evento devastador que marcó la historia de Silao, no lo recuerdo, más siempre vi las marcas en las paredes de diferentes lugares que visitaba mientras crecía.

Vivimos en el Rancho Cuatro Milpas por un tiempo, este rancho era de mi abuelito que falleció poco antes de que yo naciera. Era muy grande, tenía galerones, una represa y los mejores trabajadores que me llamaban Niña Nene. Había un cuarto muy especial, era muy oscuro, sin ventanas y sus paredes cubiertas de hollín. Tenía un comal enorme sobre un fogón con leña y el aroma de tortillas recién hechas son una memoria deliciosa.

De niña, no me quitaba mis patines y recorría todo el pueblo con mi hermanito. En tiempos de feria, siempre había aguaceros y granizales que llenaban las calles de agua, que a muchos traviesos nos servían de alberca. Ah, pero siendo Guanajuato, no puedo dejar de mencionar las casas de mis amistades, siempre tenían una historia de espantos. Sobre todo la casa de mi abuelita, la casa grande. Entre más complejas se convertían las historias entre mis primos, menos quería yo estar allí por la noche. Aunque las fiestas en esa casa eran grandes y cantidad de gente llegaba. Había muchas casas que tenían túneles que se conectaban y atravesaban todo el pueblo. Se creía que había tesoros enterrados por todos lados, por la invasión de españoles y las guerras durante la independencia.

Yo atendí desde kínder hasta el tercer curso de primaria en el Colegio La Paz, en donde mi mamá, mis tías y algunos primos cursaron, ya era tradición. Recuerdo muy bien a mis compañeros y maestras. Después me transferí a la escuela en donde mi mama era la directora de la "Escuela N° 2" o "La Granja". Las personas eran más humildes, al igual que el edificio. Había un olor a adobe y a pupitres viejos, los baños no tenían manecilla, se tenía que usar cubetas con agua. Recuerdo lo cariñoso que eran los niños y como los consentía mi mamá. Recuerdo acompañar a mi mamá a muchas oficinas y regresar con costales de juguetes para todos por el día del niño. Siempre nos mantenían ocupados en la escuela, si no con festivales del día de la Madre, festival de fin de año, sin faltar los famosos desfiles del 16 de septiembre y del 20 de noviembre.

Mis años de secundaria fueron los mejores. Muy, muy intensos. Eran muchas materias y con excelentes profesores, pero muy enérgicos que nos hacían memorizar páginas. Pero lo que más claro recuerdo era la semana en la que había competencias de poesía, oratoria, cuento, y todo tipo de arte. Los que formábamos parte de la estudiantina, llevábamos serenatas y quedábamos con los dedos sangrados. El tiempo más bello era el tiempo de hacer los altares de muertos, nos esmerábamos en seguir la tradición al pie de la letra e íbamos a cortar las flores de cempasúchil a los sembradíos en grupo. Actuábamos obras de teatro y en los fines de semana, nos veíamos en la deportiva muchos del grupo. El viernes por la noche se acostumbraba ir a los portales en la calle principal del pueblo y al jardín, en lo personal no entendía el propósito de ir a dar vueltas al kiosco, más que el coquetear de mis amigas con los chicos. Qué sería un homenaje a mi pueblito, sin mencionar el Cerro del Cubilete. No había en el pueblo, excepto yo, que no haya subido este hermoso cerro como una manda para con el Cristo Rey. Su carretera era muy angosta, empedrada y con curvas muy pronunciadas. Yo veía los camiones casi chicotear de lo recio que subían. En lo personal, a mí no me gustaban las alturas y el estar en la cima hacia que mis piernas temblaran y no quería estar allá mucho tiempo.

Ahora que diera por volver a estar en ese hermoso pueblito y recorrer cada lugar que llenó mi mente de niña y compartir las historias con mis hijos. Si escucho el himno, a José Alfredo y Cuatro milpas, el nudo de garganta siempre se presenta. Amo mis raíces, mi gente y sobre todo mi pueblo adorado, Silao, Guanajuato.

Mi madre

De una asomada al universo en un momento de intimidad, se puede crear un milagroso universo en el vientre de una mujer. Las células hacen un festín durante la fecundación son una semilla en tierra fértil. Ya fecundada la semilla se parte en dos, formando la simetría (Ying y Yang, como lo llaman en el Oriente) de un solo ser. Un ser formado con genes de dos participantes y sus generaciones, incluyendo dones, destrezas, creencias, miedos y limitaciones, entre otras cosas.

Mientras la bella semilla se gesta, la portadora de semejante milagro pasa por una metamorfosis. Al crear vida, se altera otra. Hay malestares, las papilas se alteran cambiando el gusto, el olfato se agudiza, creando ascos a los aromas que antes invitaban, incluyendo al de la piel del otro portador. La vista cambia a borrosa o más clara. La piel aunque se hace más elástica, se llena de estrías. Aún así, tiene cierta apariencia, radia belleza indescriptible. Los ojos de la portadora de vida, brillan con luz tierna. Porque deja de ser ella, para ser más de un solo ser. Se siente un inmenso amor por ese nuevo ser que causa revolución en el vientre y en todo órgano envuelto. Es como si también el corazón se ensanchara, porque se derrama la emoción. Se vuelve uno consciente de cada movimiento, de los codazos, patadas y medias vueltas que ocurren en una cavidad mágica.

El doble del volumen de sangre fluye por las venas, líquidos se retienen, el caminar se vuelve lento, la respiración se agita, se inunda el cuerpo de todo tipo de líquidos. Sí, se pierde la figura y una hermosa circunferencia se forma, que en ese momento da gusto portarla. Los montes que eran erguidos y frescos, empiezan a sufrir de fiebres, a punzar y a dilatarse como si fueran hacer erupción. El dolor es soportable ante la anticipación de lo que viene en camino, el conocerle...

Cuando el fin se acerca o el comienzo a una nueva vida, todo el peso está en el coxis, la vejiga ya no tiene lugar y el sueño ya no se concibe, son solo pequeñeces comparados al agudo dolor del crujir de las caderas para abrir el velo de memorias preterrenales a un nuevo ser humano. Durante el parto, es lo más cerca de la muerte, será porque es la idea errónea de que la muerte duele, pero es en ese momento la mujer daría su vida por la de otro ser, no importan las heridas, cortes de capas de piel y músculos, las grapas que a veces se encarnan, flacidez de piel o cualquier cicatriz que el parto deja. La madre empieza a comprometer lo que ella como individuo, por el bienestar, seguridad y mejor vida del pequeño ser por medio del sacrificio. Ese canal que conecta a madre e hijo, siempre permanecerá, sin importar la edad, acciones, comportamiento, falta de agradecimiento, abandono, etc. Siempre estará presta a perdonar, a olvidar y a no sentar a su hijo en la silla de los acusados. No hay fuerza humana que rompa ese vínculo, porque el amor de una madre es lo más cerca al de Dios.

"Mamá, a ti que me diste tu vida,
tu amor y tu espacio.
A ti que cargaste en tu vientre
dolor y cansancio.
A ti que peleaste con uñas y dientes,
valiente en tu casa
y en cualquier parte,
rosa fresca de abril,
a ti mi fiel querubín.
A ti te dedico mis versos,
mi ser, mis victorias.
A ti mis respetos, Señora.
A ti mi guerrera invencible,
a ti luchadora incansable.
A ti mi amiga constante,
de todas las horas.
Tu nombre es un nombre común
como las margaritas,
siempre mi poca presencia
constante en mi mente
y para no hacer tanto alarde,
ésta mujer de quien hablo,
es linda mi amiga, gaviota,
su nombre es... ¡mi madre!"
Perdona mi egoísmo,
por robarte sueños,
por voltear para otro lado
cuando lloraste,
por no ser haber sido tu voz antes.
Ahora lo hago por ti y mis pequeños.
Te amo Gloria Macrina,
no hubieran podido en los cielos
escoger mejor madre"

Cine

Todo empezó en un cine, de esos antiguos, con ese característico olor a viejo. Más bien parece un teatro, tiene balcones y sus pilares son de arte barroco, una gran cortina se abre y se cierra después de cada película. Las últimas que vi fue una de terror y una película clásica de mi tierra, "La llorona".

En esas películas fui invitada como protagonista principal, más nadie me leyó bien las letras pequeñas del contrato. Más bien que me hicieron firmar con engaños, sin opción a cancelar el papel que tendría desarrollar. Era parte de un gran elenco, él, ella y yo. Unos se mofaban, mas a mí me hicieron garras. Terrible película!. Al que se encargaba del proyector, se le descompuso el botón de avanzar, la cinta giraba muy lentamente y las imágenes se distorsionaban. Después, cuando menos lo pensé, todo se tornó gris. El papel de "La Llorona" fue digno de un Óscar, mi interpretación fue genial.

Cuando ésta película terminó en firma paulatina, todo se tornó en paisajes de colores. Parecía como si fuera una hoja al viento, ligera y sin hilos o sogas que me ataran a nada. Me empecé a desplazar suavemente a diferentes panoramas o escenarios. Era todo más hermoso, las imágenes nítidas, como si una tela se hubiera caído de mis ojos. ¿Sabes que fue lo que pasó? Qué la pantalla del cine no fue lo suficientemente gruesa para retenerme adentro. Deje de ser parte de un elenco, deje de pertenecer. Desde afuera me senté cómodamente en una butaca a observar, a estudiar a los personajes a entender los diálogos y partes que ellos podrían tener en mi vida, mas guardo mi distancia, ya no me pueden afectar. A muchos los quiero, me hacen reír y me hacen llorar, es bello el tenerlos en mi vida, aunque del otro lado de la cortina roja.

¿Sabes cuándo me di cuenta que estaba del otro lado? Fue cuando te empecé a buscar. Me di cuenta que soy mejor espectadora que actora. La ley del universo me dijo que te sintiera ya mío, que agradeciera por tu presencia y que no dudara de tu existencia. En mi iglesia me enseñaron que debería tener fe en que te encontraría. Sí, si tan sólo tuviese la fe del tamaño de una mostaza, podría mover montañas. Me di cuenta que no soy mujer de fe, como yo creía.

He puesto mucho de mi parte ¿sabes? Yo soy impulsiva y la paciencia no se me da. Sin embargo aquí estoy, en un cine, con la mejor vista, la mejor butaca, con una vacía a mi lado, esperando que dejes de comprar palomitas y vengas a sentarte de una vez por todas conmigo y disfrutar de la siguiente película. Ésta es la mejor de todas. El director, ya me prometió un final de esos inolvidables, por ser

Triángulo

¡Amor, no sé cómo pasó!, pero me encuentro en medio de un triángulo. Me enamore cuando sus textos leí por primera vez, sabiéndolo un imposible. Él como tú, no tiene voz, más con sus letras, el acaricia mis pensamientos, enternece mi corazón y con pasión cimbra mi cuerpo. El ilumina mis días y cuando me siento sola, sólo falta un clic para volver a sentir mi corazón tornarse rosa. Con bombones dibujados con tinta china, mitiga mis ganas.

¡Oh, mi amor! Si los pongo a los dos en una balanza, no se movería nada, porque tú eres mi noche y él es mi mañana. Tú estás a un cerrar de ojos y él a más de una frontera de casa. Tú no me hablas, sólo me guías y me callas. Él me pinta en voz alta con letras nuestro escenario. Tú eres energía mágica, él es piel enigmática en otro lugar. Tú eres mi margarita, bebida prohibida, él es mi vino de cereza. Tú recuerdo desvanece cuando despierto y a veces con ganas me dejas. Él esta presenté solo en letras.

¡No te vayas!... ¡por favor, espera! No sé si él tenga dueña. No, no eres una opción. No soy avara, ni polígama, ni pretendía retenerte a ti o a él, ni serte infiel. Mas no te preocupes, el dolor no te invadirá, tampoco a él. Tal vez yo me retire de los dos de una vez, un eterno insomnio y no volver a tocar el teclado, solo eso basta para mantenerme muerta en la vida real.

Si me amas, si te condiciono, manifiéstate después de que yo abra los ojos cada mañana y si es posible funde tu espíritu con la piel enigmática, convirtiéndote en piel de mi último sueño.

Pensamiento

"No es suficiente soñarte,
no es suficiente
presentir tu existencia,
no es suficiente
canalizar tu energía,
no es suficiente más nada.
Necesito que hinches,
desgastes y desgarres mis labios.
Chupa, prensa y muerde,
tu lengua de la mía no despegues.

Golpea mis paredes,
tumba muros si quieres,
ya no me hacen falta,
ahora estoy en tus redes.
Con tu lengua haz torbellinos,
en mi ombligo y tu lugar favorito.
No hagas caso
de mi risa desquiciada,
es solo anticipación a los gritos.

Hazme reír,
hazme llorar,
no demores más,
pruébame que eres real.
Hazlo todo sin orden,
de arriba hacia abajo,
de abajo hacia arriba,
mas no lo hagas con calma.

Exprime mi cuerpo,
que miel y ganas derrama,
mojando constantemente
mis sabanas de seda blanca.

Pensaras que soy
salvaje, insaciable,
sádica, desenfrenada
y masoquista.

No soy nada de eso,
solo pido justicia.
Hazme sentir una vez
que estoy viva.

Ya no es suficiente
gritarte a los vientos,
escribirte en cuentos
o verte sin rostro en mis sueños.

Ya por favor, ¡ya basta!...
Ésta es mi última plegaria
¡Arranca de raíz mis ganas!"

Amistad

Amistad… desde que el ser humano nace, experimenta está energía. El regalo para los padres, la llamada de felicitación por el recién llegado, el aprecio hacia una persona, es el choque armonizado de nuestras auras. El ser humano aprendió que para poder coexistir en una sociedad, tiene que regir un sentimiento de lo correcto, lo justo, el balance, la comunicación y el amor.

¿Recuerdas como fue el primer día en el kínder? En lo personal reventé en llanto… ¿Qué provoqué?… una reacción en cadena, caras tristes, otras de alegría, pero no faltó quien de mis compañeros me tomo del brazo, consoló y motivó.

"La amistad es un valor que nace en nuestros hogares, es un gen de comportamiento transmitido. Es estar educado con buenos sentimientos. Es el ser solidario, es tener criterio de cómo comportarnos antes situaciones ajenas. La amistad es incondicional y puede tener varios matices. Hay veces que la distancia, los tiempos, desacuerdos la muevan. En esta vida todo es energía y por ende nosotros no dejamos de ser campos energéticos y magnéticos, nos atraemos o nos rechazamos. Así que la verdadera amistad es la que los años nos dejan, nunca se separa. Alguna vez alguien me dijo que existe el alma gemela, que no necesariamente es del tipo sexual, sino también de mera amistad. Una de las cosas que he aprendido es que todo está escrito, que se puede manipular para bien, eso depende de nosotros pero nos topamos a la gente en la vida por una sola razón; hay que enseñar y aprender a la vez. La amistad se da natural y la verdadera amistad nunca provoca una tristeza ajena. Es aceptación, es tolerar los defectos y amar las virtudes del amigo. No todos tenemos esta virtud pero si alguna vez la reconoces en alguien, te sugiero que nunca lo dejes ir" (José Luis Arredondo).

Diferentes definiciones, pero con similitud entre ellas. El común denominador es el respeto, la confianza, disposición permanente de servir y lealtad. Creo que entre más coincidan dos personas en como definen la amistad en forma individual, es más fuerte el vínculo entre estas, perdurando a través del tiempo y la distancia.

Ahora, ¿qué hay de los amigos en la red cibernética (amigos de Facebook)? Muchos de estos no los conocemos en persona. ¿Cómo puedes formar un vínculo de amistad con un desconocido? ¿Existe el respeto, confianza, lealtad y servicio entre dos personas que no pueden ver a los ojos? En lo personal tengo amigos cibernéticos en diferentes partes del mundo, sus muros tienen parte de ellos, como si fueran libros abiertos. Amigos, con los que me une el romanticismo, otros sus ideales, otros su libertad al expresarse, otros por su aportación a la sociedad, en fin… hay quienes iluminan mi día al dejar un mensaje en mi muro.

El ritmo de vida, como el mío, no permite que visite a mis amigos que están relativamente cerca. Más siempre estoy al alcance de mis amigos cibernéticos, gracias a la tecnología. Creo que la definición de amistad es algo tan vasto que no tiene parámetros o límites. Pero lo que sí sé, es que ya sea con textos, llamadas, abrazos y besos, cercas o lejos, un buen amigo es esencial en nuestra vida.

14 de febrero

El aroma a malvaviscos, chocolates, fresas y amantes, se despide por todos lados. Para algunos, este aroma trae melancolía y se nota en sus caras o escritos. Me detengo a dejar que mi mente absorba y saboree lo que he vivido desde el abrir de mis ojos este día.

Por la mañana, mi hijo despertó plantándome un gran beso y me declaró un te amo caluroso. Mi hija nerviosa, no solo porque cantaría en su escuela una canción de amor, si no por las expectativa de lo que recibiría. Me pregunto si estaría bien mandar una nota al chico que le gusta, pero pretendí no escuchar. Madre celosa y protectora, sí, esa soy yo. Hasta la más pequeña y hermosa sobrina estaba lista para compartir dulces y caramelos con todos. Mi madre desde muy temprano empezó a preparar un rico pozole para celebrar a la hora de la cena. Los más bellos textos, llamadas llueven por todos lados.

En camino al trabajo, me percaté de los carros que llevaban flores, globos, algunos de estos gigantes, que cubrían espejos retrovisores. En las calles, mujeres caminando con flores o esperando autobuses orgullosas de mostrar sus regalos. A mi trabajo fueron parejas y al desearles feliz día, acabe por ocasionar problemas en algunas de estas, si uno de ellos no tuvo detalle con el otro. Un caballero replicó al comentario amargo de su esposa, "¿Qué quieres que te regale, si ya tienes todo?, además, ni trabajo tengo." Le entregue una bolsa de condones, para calmar la situación.

Al salir a mí almuerzo, había filas de jefes comprando pizzas para sus empleados. Todo mundo celebrando. Sin embargo, mientras va pasando el día, cambia la energía. Hay un sentimiento de anticipación y urgencia. Vi a la gente corriendo a comprar regalos a último momento sobre todo caballeros. Hay africanos, hispanos y anglos comprando o negociando precios de osos y flores. Unos apresurados llevan el dinero en la mano para no perder el tiempo. Escuchando comentarios, algunos hicieron reservaciones en hoteles o restaurantes, otros esperando correr con suerte y lugar alcanzar. Como disfruto ver la naturaleza del hombre.

Este día me recordaba mi estado civil, es más lo llegue a odiar. Ahora me deleito en observar y disfrutar el aroma a caramelos, malvaviscos, fresas, chocolates y rosas en mi andar. Tal vez no las reciba yo, pero en casa me espera mi madre, con una deliciosa cena, mis hijos con todas sus historias de acontecimientos del día y para después descansar. ¡Oh, que día delicioso!... aunque solo me toque observar.

Sueño o realidad

Estaba sentada en la playa al medio día y no había otra alma a mi alrededor. Solo acompañada por la magnificente inmensidad que parece un espejismo y por el reflejo del sol que aumenta la marea. Estoy lo suficientemente cerca para sentir la humedad de la arena. Siento sus partículas que se meten entre mis dedos, como si jugáramos a las cosquillas y descansan encima del esmalte fosforescente de mis unas.

Las olas azotan una y otra vez, creando una sinfonía. Reconozco su pieza melódica, pero mi mala memoria no la puede nombrar. La brisa salina y fresca me llena de paz, pero mis ojos lloran. Me invade el recuerdo de mi niñez, porque por esa razón no me metía al mar. Que rico se siente disfrutar los rayos del sol en mi rostro y el resto de mi cuerpo. El contraste del calor, el broncear de la piel, lo fresco de la arena y el agua fría que moja mis pies, pone a mi cuerpo en un vaivén de temperaturas.

De repente siento tus manos fuertes sobre mis hombros descubiertos. Volteo a verte pero el sol me encandila. Solo veo tu silueta rodeada de la luz del día. Me ofreces tu mano para levantarme y con firmeza me asistes para ponerme de pie. Encandilada, trato de enfocar la mirada.

Aun no sé quién eres, mas tu presencia me es familiar. Mis ojos siguen llorando, los cubre una nube de brisa salada.

Te pregunto quién eres, pero no te entiendo, veo tus labios moverse pero tu voz no se proyecta. Entre murmureos, solo rescato el "aquí estoy, no tienes que esperar más". Tomas mi rostro entre tus manos y descubres mis oídos, acomodando mi pelo revuelto. Despejas mi frente con mucho cuidado. No veo tus ojos, tu altura y esplendor a tu alrededor me ciegan. Con tus pulgares limpias mis lágrimas, que ya no sé qué las provoca, la brisa, nostalgia o alegría. Cubres mis mejillas con tus manos largas y delicadas, como las de un artista. Acercas tus labios a mi frente para besarla. Después besas la punta de mi nariz, dejándola mojada. Tus labios se plasman en cada mejilla, parando así el tiempo y la brisa.

Sé que no me pierdes detalle y buscas mis ojos, que difícilmente mantengo abiertos. Tu nariz y la mía se quedan tocando. Siento el calor de tu respiración y nuestros alientos empiezan a mezclarse y hacer una revolución. Tus labios tocan los míos, sin prensarlos, están reconociendo que ya han sido tuyos. Comienzas a rozarlos y frotarlos, tratando de despintar el rojo tatuado de mis labios, que solo a un sabroso morado podrás matizar. Me desespera tanta lentitud. Eres como el manjar que de un solo bocado se quiere saborear. Mas no te importa mi apresuro, me tratas como vino tinto que quieres catar. Te abrazo y acerco tu corazón al mío, recargando mi cabeza en tu hombro, tratando de escuchar su palpitar. Con mi mejilla acaricio tu hombro descubierto. Mis labios los unto en él, sintiendo tu piel salada en cada papila de mi lengua. Como quisiera hacer de ti una margarita. Una bebida prohibida para mí. Pero con ese tu sabor, quien no quiere beber lo prohibido, sabor exótico de hombre sin rostro. Empiezas a copiar cada uno de mis movimientos.

No sé como pero nuestras piernas se empiezan a rendirse, hasta que tocan la arena mojada. Nuestros brazos están prendidos uno del otro, para no dejar esfumar el momento. Me recuestas suavemente y haces de una almohada tu brazo. Acaricias mi pelo y descubres una vez más mi rostro. Te pregunto, ¿Eres mi ángel?... y no me contestas, solo cubres mis labios con tu dedo índice, y callo. Me besas nuevamente sin despegar tus labios. Me confundes, besas con suavidad y después, como si mi corazón quisieras por mi boca sacar, me muerdes y vuelves a solo rozar. Te sigo pero me sorprende cada cambio que das. Sin dejar de besarme tomas mis manos guiándolas arriba de mi cabeza y clavándolas con las tuyas en la arena. Siento tu cuerpo sobre en mío, mas tu peso no me molesta. Es tan ligero como la brisa que nos rodea. De eso me percato, es como si estuviéramos sin gravedad, solo dos cuerpos flotando en posición horizontal cerca del mar. Solo me sueltas para quitar mi ropa y al tuya. ¡Oh, humedad!, humedad por todos lados me enloquece. Las olas mojan mi espalda, mientras tú lo haces en lo más profundo de mi conciencia. Las olas azotan con más fuerza la orilla del mar, te inspiran y replicas las notas de esa música. El alcance del agua salada inunda nuestros cuerpos hasta enloquecer, no sabemos de dónde provienen, mar, sudor o nuestros excesos al alcanzar éxtasis. Me volteas de costado, quedando tú atrás de mi cuerpo cubierto de lodo. Tu brazo bajo mi nuca y tu otro brazo acariciando sin cesar. Siento tus ganas volverse alterar, besando, mordiendo e ingresando tu lengua en mi oído, las mías vuelves a lograr. Volteo a seguirte la corriente y acabar saciando tus deseos, mas cual fue mi sorpresa que sólo mi almohada encontré.

¿Qué paso?
No, no, no lo puedo aceptar
¿Era un sueño?
Por eso él era tan familiar
¡No!, yo quiero allí regresar,
donde no hay ni cansancio,
ni traumas, ni soledad,
ni estrés, ni cuotas que pagar.
Déjame allí Dios mío, con mi amado
que no habla, pero me sabe tocar.
Me lleva al cielo, a Marte, a Venus,
a las montañas,
siempre a diferente lugar,
Para el tiempo, ¡páralo ya!
que entre más pasa
lo vuelvo a olvidar.
El hombre de mis sueños,
eso es, solo parte de un sueño,
que deseo se haga realidad.

El volcán

Cuatro paredes no podrían contener los destellos, emisiones de calor y vapores de un volcán en erupción, que se funde en un río de aguas turbulentas. Las aguas calman la fiebre de la lava y van solidificando el magma, mientras que el agua hierve. No hay cielo, ni tierra que esconda lo que es.

Empezó con un soplo de vida, su formación lenta y dolorosa, que tal parecía que su existencia fue forzada. Su elevación fue siempre truncada, todo lo que le rodeaba era una traba, un obstáculo. Ella siempre fue perseverante y su naturaleza hizo que rompiera esos obstáculos a su paso. Creció bella y fértil, pero en algún momento la frialdad cubrió su belleza con hielo y espinas. Sus lomas, perdieron el verde vida. La hermosa e impetuosa montaña se creía invisible, materia inerte. Se pensó energía estancada. Llego a desear el no existir.

Pero como en todo, la mano de su Creador empezó a mover drásticamente las placas tectónicas. Los movimientos fueron inesperados, fuertes, bruscos y hasta despiadados. Dolían, sangraba y en un grito de dolor, pidió piedad. El dolor ceso pero no el sacudimiento de su fundación. El hielo que la cubría empezó a derretirse, sus campos empezaron a florecer, toda ella se descubría hasta el desnudo total. Esa impetuosa montaña empezó a reconocer que todo lo que brotaba de ella en sus praderas y pronunciados montes, era belleza. Empezó a distinguir sus deliciosos aromas que despedía en la primavera, saboreo el calor de los veranos y expuso su alma al sol. Le veía cara a cara y absorbió cada uno de sus rayos y nutriendo su corazón de brillantes colores. Aprendió apreciar sus otoños de cálidos colores; el mudar de sus hojas y dejo ir a lo que cumplía propósito en su vida. Se preparó para los fríos inviernos que abrirían heridas, pero siempre aferrándose a la esperanza.

Por azares del destino, con tanto movimiento tectónico, el Creador cruzó los caminos de la montaña y de un hermoso río que corría muy solo por un desolado desierto. Ese río de aguas limpias y cristalinas, que llevaba paz en su recorrido. Paz de un silencio que traía consigo en ocasiones la despiadada soledad. Parecía un riachuelo al tiempo del encuentro, por su timidez y quietud. El calor y movimiento de la tierra, erosionaron, así engrandeciendo el caudaloso río. En su encuentro escucharon la orden: "despierta, despierta y vive, es hora". En pocos días ese riachuelo era un inmenso río de aguas turbulentas que penetraban todo a su paso. La intensidad y fuerza de su corriente llego hasta el núcleo de ella. Él la cimbro con delicioso sabor, galopó en sus entrañas y la transformó. Por sus venas comenzó a recorrer lava, fuego, pasión, hasta el punto del éxtasis. La llevó a descubrir el cielo con cada erupción. El vapor que despedían cubría su atmósfera, impregnando todo de ese exquisito aroma de sudor, ganas y satisfacción. La intensidad y frecuencia no cesan. Ya no pueden parar, todo aumenta. Duele, duele la desesperación, las ansias, las ganas... gritan, muerden, succionan, palpitan, "no pares, no pares, no pares" es la súplica de uno al otro. Su vibración es a la misma frecuencia, alcanzan los rincones más prohibidos el uno en el otro. El universo, es su audiencia y se deleita sintiendo el calor y euforia de estos dos amantes.

Una y otra vez explotan destruyendo y arrasando todo a su paso, pasados, traumas, distancias y tiempo. No hay nada que pare la furia de energía desatada. Dejan cenizas detrás, en donde crecerán flores, embelleciendo siempre su alrededor. El magma solidificado será su cimiento fuerte en donde envejecerán juntos, siempre siendo un hermoso río y un volcán activos.

Corazón

"Muerta en vida,
ya nunca más
bombea y palpita,
ya no es de cristal.
Todo lo siente,
lleno de vida está,
con pasión ferviente,
seguro volverá amar.
Puedo sentir
como será,
cuando en sus ojos,
me pueda reflejar.
Entre besos, mordidas,
abrazos y caricias,
su presencia me hechiza.
El bum, bum, bum
ya se aproxima.
Sudará él,
sudaré yo,
sudará el corazón,
Pues es uno para los dos.
Galopearan dos cuerpos,
el bombeará con exceso,
al mismo ritmo,
se desbordara en deseo.
Nuestro corazón
siempre rítmico,
con timbales y güiro,
como en mambo Cubano,
Siempre con percusión
 palpitando"

Cuando el amor llega

Cuando el amor llega a la media edad, ¿será en verdad amor? Hace tres años quede nuevamente soltera a mis 34 años de edad. Después de haber vivido un largo matrimonio, fue para mí un verdadero trauma entrar en el territorio de los sin pareja y ver historias de horror, frivolidad y conveniencia en este mundo de solteros de media edad.

El primer año después de mi divorcio fue para recuperarme física, mental y espiritualmente. El desgaste de una guerra en donde la persona que amaste se convierte en tu peor enemigo, es duro en todo sentido. El alma queda arañada y el ser vacío. Yo sabía que al buscar una pareja en este estado, solo atraería a otra persona igual de enferma. Pero la realidad era que añoraba la presencia de un hombre en casa, ese sentimiento de protección que es parte de la naturaleza de la mujer. Ciertamente el estilo de vida cambia, se pierden cosas materiales, ilusiones y tradiciones que se siguieron en un núcleo familiar. El trabajo se duplica, no importa si recibes ayuda o no de tu ex-cónyuge, llegas a ser padre y madre. El dedicarte tiempo individual te trae un cargo de conciencia por dejar a tus hijos en manos de alguien más para disfrutar de un respiro. Algunas cuestionamos nuestra habilidad de ser lo suficientemente mujeres y nos preguntamos ¿cómo se comporta uno en una cita?, ¿de qué se habla?, ¿cómo se coquetea?, ¿cómo sé si le gusto?, ¿por qué no me habla?, ¿le habré gustado?, etc. Se está peor que un adolescente, porque ya has sido lastimada y no tienes la misma frescura de tus 20, cuando creías en el amor de cuentos de hadas.

Cuanto más pasaba el tiempo en que estaba sola, me di descuenta que mi cuerpo pasaba por cambios. Empecé a percatarme de otro tipo de necesidades fisiológicas, mi cuerpo añoraba esa cercanía del sexo opuesto. Yo llegue a pensar que eran bochornos y hasta fui a un doctor a preguntar si era menopausia. Se río sutilmente de mí y me explico que era normal, era el ajuste de mi cuerpo a un nuevo estilo de vida. No soy la única, todas mis amigas que pasaron por un divorcio, también sintieron los cambios. Cuando se deja de tener intimidad, el nivel de estrógeno baja. Se deja de producir lubricante, la vagina pierde elasticidad y deja haber ese volumen de sangre recorriendo el cuerpo, es más el clítoris también pierde sensibilidad por esta causa. La intimidad pasa a ser parte esencial de la salud, física y mental de la mujer. Nuestra forma de reaccionar a estos cambios, es lo que hace la diferencia. Si sabes que es normal, que eres de carne y hueso, que sientes, que te recorre la sangre por las venas y vibras ante la posibilidad de volver a sentirte plena, entonces tendrás el control de lo que hacer. Se puede actuar tontamente y saciar tus necesidades fisiológicas con alguien que solo te tome como un acto, o una aspirina para un dolor de cabeza. O se puede uno refrenar y tener absoluto control de tu cuerpo y mente, así esperando a alguien que quiera un compromiso, una conexión. Y sobre todo, respetándote a ti misma, como lo mereces. Las historias de terror que vi fue ver a mujeres actuar sobre una necesidad y entrar en relaciones peores de las que salieron.

Aprendí otra lección, los hombres son carnales en la mayoría de los casos. Sus necesidades son mayores en intensidad y frecuencia. Ellos son más débiles en términos de auto control. ¿Esto los hace malos? No, es solo su naturaleza. Lo que quiero decir es que el mundo de los solteros, se divide en dos grupos. Gente que necesita de la proximidad, compañía, un descanso, un compromiso y que desea reconstruir una familia y el otro grupo busca cubrir una necesidad natural.

Lo que yo observé en estos últimos años, fue que eran los mismos hombres en esas actividades de solteros. Esperando la nueva carne. Sus preguntas, ¿en dónde trabajas?, ¿te ayuda tu ex?, ¿cuántos hijos tienes?, ¿eres ciudadana?, etc. Algunos midieron mi inteligencia por el trabajo que tenía. Su frivolidad estaba a flor de piel. Yo salía de esas actividades asqueada.

Regrese esporádicamente para acompañar a otras amigas, para abrirles los ojos. Presencié como muchos hombres pasaban de novia en novia, respaldándose en el famoso "dating" (solo estamos saliendo), así teniendo opción A, B,...Z. Muchas amigas fueron víctimas de sus juegos. Muchos hombres ya no quieren compromiso o crear una nueva familia. Pero si prefieren una mujer autosuficiente económicamente, porque algunos de ellos tienen que pagar mantenimiento a alguien más. Preguntan las edades de los niños, para saber por cuanto tiempo tendrán que batallar con los hijos de otro. Su estado legal también afecta a quien han de escoger.

Muchas de nosotras que estamos solas por bastante tiempo, nos volvemos independientes, pero ya no confiamos, ni deseamos apoyarnos por completo en un hombre. Nosotras las mujeres vamos más allá, cuestionamos el ¿por qué están solteros a su edad?, ¿será que tienen problema con el compromiso?, ¿cómo terminó la última relación?, ¿cómo trataría a mis hijos?, ¿cómo son los hijos de él, si los tiene?, ¿quién y cómo los crio?, ¿cuáles son las cicatrices que quedaron de la última relación?... Miles de cosas a considerar antes de entrar en una relación con alguien de la media edad.

Sin embargo, las feromonas, no dejarán de despedirse en el lugar y momento apropiado ante la posibilidad. La necesidad de un delicioso beso, tierno y a su vez sensual, que te hace liberar todo tipo de químicos por tu cuerpo, siempre estará allí. ¿Quién no quiere sentir la serotonina o mariposas en la barriga al entrelazar los dedos de tu mano con la correcta? ¿Quién no quiere ver destellos y dejar escapar la oxitócica en un deseado orgasmo? Mi razón dice que no existe el amor entre hombres y mujeres de media edad, que estamos divididos por un abismo de frialdad, conveniencia e hipocresía. Mi cuerpo dice que estamos programados perfectamente por una inteligencia Omnipotente, para ser unidos en uno. Y mi corazón me dice que el amor existe, en algún tiempo, lugar o plano, que sobrepasa todo esto, lo humano, carnal, lo socioeconómico, creencias, religiones y abismos.

Sapos

Ya está a la vuelta el día de San Valentín, o como diría yo, por los últimos años, "El Día de Concienciación de Solteros". Mi hija ya está presta con la película, "Odio el Día de San Valentín". Por los últimos tres años, Camilo Sesto estaba a la orden del día, recordándome, que: "siempre me traiciona la razón y me domina el corazón, no se luchar contra el amor, siempre me voy a enamorar de quien de mí no se enamora…" ,"cuanto espere lo que nunca llego, una caricia, una frase de amor…", "decir te quiero, decir amor no significa nada…","que amargo es amar sin ser amado…".

Después de cierto tiempo sola, una anhela cosas como recibir flores por lo menos ese día, o la caja de chocolates, es más, hasta el ridículo oso de peluche. ¿Amargada? No, ¡qué va!, solo no sabía cómo empezar la búsqueda de mi otra mitad.

Siempre vas a tener personas que quieren hacer el papel de Cupido, libros que te dictan que en la actualidad hay reglas de cortejo, o no falta el amigo con experiencia que te da consejos. Un amigo, muy sabio por cierto me dijo: Gloria, para encontrar tu pareja, es como ir a comprar aguacates al mercado. Date el tiempo para escoger bien. Tus opciones entre los aguacates son: el podrido, el maduro, el que está listo para ese mismo instante y el verde, el cual puedes esperar a que madure. La opción de escoger era mía, puesto que uno escoge a quien amar, no quien te ama. Otra analogía fue, que besara muchos sapos hasta encontrar mi príncipe, ¡guacala! Otro libro decía como jugar a lo difícil, retando la naturaleza del hombre. Mi libro favorito decía de escribir una lista de cualidades o características que me harían compatible intelectualmente, espiritualmente, emocionalmente y físicamente con la otra persona. Dentro de estas características, también debía tomar en cuenta, la personalidad, ambiente social en que él se desenvolviera y el estilo de la relación.

Después de meses de un análisis personal, porque en verdad solo puedes pedir lo que seas tú misma o lo que estas dispuesta a dar, mi lista de cualidades que quiero en un hombre, fue la siguiente: sano mentalmente, físicamente, espiritualmente, estable emocionalmente, físicamente, intelectual, romántico, expresivo, con sentido común, organizado, trabajador, sencillo, honesto, sociable, con gran sentido del humor, abierto al compromiso, que sepa reconocer sus errores, compasivo con otros, confidente, espontáneo, responsable, perseverante, sabio, candidez al hablar, tolerante, bondadoso, honorable (cumple promesas), me da la libertad de ser yo, servicial, respetuoso, alto, de brazos fuertes, manos varoniles, hermosa voz, y pelo cano. En nuestra relación, que seamos compatibles en todas las áreas, que sea buen padre, quiero que me incluya en sus planes, que haya una atracción increíble y mágica, que entienda y le guste mi sentido del humor (el cual es sarcástico), que sus ojos brillen al mirar los míos, que nuestra relación sea de cimientos firmes y fuertes, que haya confianza, que me de amor libremente, sin tener que pedirle, que me apoye en mis metas personales y que tenga las suyas propias, que trabajemos en metas mutuas, que disfrute mi compañía, que vivamos en paz, que nuestras vibraciones nos mantengan en la misma frecuencia y podernos sentir a distancia. Quiero que disfrute mi presencia, es más que sea una necesidad para él... Descabellada mi lista, ¿verdad?

Empecé a reconocer cualidades en los diferentes varones que se cruzaban en mi vida y no porque hayan sido mi pareja. Simplemente, observé, admiré y agregué más características a mi lista. Esta pasó a ser mi norma, la regla, que a la vez me trajo decepciones y tristeza. Al no encontrar ese hombre perfecto, caía en el desánimo. Un día de estos en los que deje de creer en el amor, mi amiga Bonnie Kelsh, me pregunto: "¿Quién te conoce mejor que nadie?, ¿Quién te ama tanto, que sabe lo que tú mejor necesitas, no lo que piensas que quieres?" Conteste: "Mi Padre Celestial". Entonces mi perspectiva cambio, no hay más lista. Solo hay una plegaria en mi boletín de visiones: "Manifiesta tu amor por mí, por medio de mi compañero que sepa cumplir las promesas que haga ante ti. De esta manera terminó la búsqueda de mi otra mitad, porque no hay tal cual. La unión perfecta es la de dos personas ya completas, que al separarlas el destino, no deja ni traumas, ni amarguras.

Mi consejo: no compres aguacates, no beses sapos, ni sigas reglas ridículas, ni escribas listas, solo confía en que Él que te conoce y te ama, te lo manifestara de alguna manera.

Muñeca de cristal

Estaba perdida en la caja de la nada, en donde la mente está inerte, inmovilizada. Su cuerpo era de cristal, con un corazón pulverizado. Solo polvo por dentro y por fuera cubrían su alma. La muñeca de cristal tambaleo, con el brusco movimiento que dio su vida, cayendo así hasta el fondo del dolor. Se levantó con increíble esfuerzo, quedando en un lugar que hizo suyo.

Todo mundo le veía al pasar, pero siendo de cristal, su transparencia la hizo invisible. La caída tuvo sus consecuencias. Entre grieta y grieta despedía aromas y colores. Un día un travieso notó lo que ella irradiaba y se detuvo a admirar la maravillosa metamorfosis.

Los aromas que la muñeca despedía eran exquisitos, exóticos e irreproducibles. Era su frescura, feminidad y sensualidad que en forma hechizante inundaron la mente del travieso. Sus colores, magenta, violeta, azul, verde, amarillo, anaranjado y rojo escapaban y giraban alrededor de la silueta de cristal, en forma de torbellino mágico. El travieso la agitó, una y otra vez, para así saber que en sus entrañas yacía. Buscaba su voz, entre los tesoros que él presentía que ella guardaba. Entre tanto agitar ella, gritó: ¡no hay más dentro de mí, déjame ser!. Pero el continuó escarbando, frotando y estrujando su ya muñeca. El calor que le produjo con tanto ahínco, empezó abrir más las grietas, dejando escapar el subconsciente plasmado en las letras impregnadas de su alma. Con tanta deliciosa presión y movimiento, ella hizo erupción. ¡Quién iba a decir que los colores y aromas, anunciaban dicha explosión!. Vida, lava, fuego, destellos, chisguetes, truenos, gemidos, fueron la culminación de algo maravilloso, la libertad de esa alma. Muñeca de cristal, ser de luz, amor gratitud, perdón y pasión. El vidrio, verdugo de su alma, luciérnaga enfrascada a presión en el vacío de la caja de la nada y que un travieso le otorgó la libertad.

"Muñeca, muñeca de cristal,
ahora luciérnaga de paz,
¡qué hermosa te ves al volar!.
Sigues dispersando tu magia al pasar.
Tu esencia desprendes,
dejando huella en los demás.
Vuela, vuela más alto, sigue desnuda,
no vuelvas a cubrirte más.
Comparte tu polvo
de vibrantes colores
y alumbra a los ciegos

que no saben amar.
¡Oh, luciérnaga bella!,
vuela, vuela sin cesar.
No te canses al volar
que tu travieso,
que marcaste con tu exquisito
aroma al despertar,
está allí, siempre esperándote
para que en sus manos
puedas descansar".

El Sexo

¿Por qué no se habla de él?
¿Que tiene de malo o pecaminoso?
¿Acaso no está en la naturaleza?
Por Él fue creado.
¿En dónde se lleva a cabo?
¿Sólo en penumbra?
¿Entre cuatro paredes?
¿Siempre invisible e indiscutible?
Plantas, aves
y todo animal,
tienen su tiempo
para fecundar.
El abrir del hermoso plumaje
y canto de un pavo real,
llamando la atención de su amada,
para procrear
Está en la erupción
de un irrefrenable volcán,
en la saturación de las nubes,
que no cesan de chispear.
Esta en la tierra mojada,
lista para germinar
nueva vida y frutos
y hiervas de olores dar.
Entre la luna y el mar
existe la gravedad,
agitando marea y permitiendo
las olas embeleso alcanzar.
Fuimos creados
por el mismo Inventor,
no todos para henchir la tierra
pero sí con pasión.
El hombre siendo animal,
pueden tener sexo
sólo para satisfacer
una necesidad.

Mas también puede ser racional,
vivir el acto sexual,
con todo su potencial
y nueva conciencia formar.
Pocos ven lo que es,
fuente de inspiración,
arte, música y poesía,
nacen todos con él.
Los despojados de tabúes,
pintan con líneas y colores.
Escriben notas musicales,
riman suaves coplas,
hacen del acto un blue.
¿Aún piensas que es sucio?
¿Te avergüenzas de él?
En el libro más sagrado,
hay escritos sobre él.
Hay quien lo ensucia,
por medio de él.
Humillan, imponen,
manipulan y abusan también.
Lo llaman pecado,
no respetan,
el momento sagrado,
dónde la vida se crea.
El ser humano
con privilegio agregó,
amor, pasión, y deseo,
llevándolo a otro plano.
El sexo es energía,
circuito cerrado
de bioelectricidad,
sin tiempo, ego y espacio.
Sí, ¡ya sé!... del tema
lo sabes todo,
abrir las piernas o penetrar

se creé lo constituye todo.
Hay una ciencia
que el acto sexual estudia,
ni ellos entienden de enigmas,
de rincones secretos
en la anatomía.
Hay mujeres
que nunca alcanzarán,
a detener el tiempo,
del espasmo sexual
si hay egoísmo en el encuentro.
El orgasmo del hombre
es muy local.
Se alcanza rápido y fácil,
dejando su energía total escapar.
Siendo su momento precoz,
con sed a su mujer dejará,
y destellos vibrantes
 en la oscuridad

Ella no podrá disfrutar.
Al sentir el pálpito,
no solo del corazón,
relaja tu cuerpo y respiración,
espera el momento de explosión.
Mírala a ella,
ten manos lentas,
bésala más,
ella lo apreciara.
El sexo es eso,
esperar el momento,
de ambos amantes,
disfrutar del cielo.
No lo desprecies, ni ensucies,
guarda respeto,
pues por Él fue creado
para ti, su hijo amado.

Visualización

En uno de mis artículos, hablé sobre el mágico poder de ser agradecido. En como consecuencia de serlo, atrae uno cosas para serlo más. Es decir, lo que desees en tu vida personal (cuerpo, mente y espíritu), economía o bienes materiales, como quieres ser reconocido en la sociedad, en tus relaciones con otras personas y en tu estilo de vida, lo puedes manifestar, siendo agradecido y visualizando en detalle lo que desea cambiar en su vida. Parte importante para cambiar tu realidad es la visualización de lo deseado.

Hace casi tres años, en un seminario de Kirk Duncan, aprendí sobre el poder de la visualización. Me enseñaron a tener una figura clara en mi mente de algo material que yo deseaba, mientras esto fuera legal y ético (siendo esta la primera regla, para que se manifiesten). Tuve que empezar por desalojar pensamientos y emociones negativas de mi ser, ya que el negativismo (miedo, duda, rencor, preocupación, etc.), solo traen consigo más eventos que ocasionan más de estos, previniéndonos de manifestar lo que realmente queremos. Ya he compartido que la forma de despojarse de pensamientos y emociones negativas, es escribiendo. Identificando los pensamientos que provocan las emociones que te consumen o decaen. Cuando tus pensamientos sean más limpios, ligeros y positivos podrás visualizar en tu mente con detalle las cosas que en verdad deseas.

Divide un boletín o marca en una pared que siempre te sea visible en cuanto abres los ojos al despertar. Divídelo en nueve secciones. Recorta y pega fotos, palabras, imágenes que representen cosas que desees en cada área. Pega cada imagen en un boletín, en la siguiente forma (esta información fue provista por un reconocido mentor y especialista en lenguaje corporal, llamado Kirk Duncan): la sección de la esquina izquierda es para todo lo que tenga que ver con tu riqueza/ abundancia. La sección de en medio es para tu imagen, como quieres que te vean otras personas, como quieres ser reconocida. La esquina derecha es para lo que ver en tus relaciones, ya sea que tengas pareja o no. Aquí puedes describir las cualidades que quieras que tenga tu pareja o cómo quieres que sea tu relación con alguien. En la parte media a la izquierda, iría todo lo relacionado con tu círculo de amistades o grupo de apoyo. La parte central de tu boletín es la más importante, es la parte de tu salud. No importa cuál sea tu situación en esta área, puedes tener una salud óptima, la forma de cuerpo que quieres (fuerte, firme, esbelto, etc.), lo vibrante de tu pelo, una sonrisa hermosa, la piel juvenil y suave, etc. La siguiente área es para lo que quieras crear o las nuevas ideas que quieras difundir.

La sección de la izquierda de la parte más baja es para tu área de espiritualidad, conocimiento, e intuición. No sabes lo importante que es tu relación con el Creador de todas las cosa, de Él depende que todo lo que deseas se cumpla. Aquí puedes poner una imagen de cómo quieres que tu relación sea con Él. También puedes poner la lista de libros que lo lleven a otro novel en conocimiento. La penúltima sección es sobre su carrera, aptitudes, trabajo ideal, etc. La última esquina derecha es sobre los viajes que quieras hacer, o cosas que te ayudaran a llegar a tu óptima situación. Fotos de los lugares que quieres visitar, por cuanto tiempo, costo, etc.

Colocar las imágenes o recortes es solo la parte técnica, el secreto para la manifestación de tus deseos son: que lo que deseas sea legal y ético, que preguntes en voz alta si está bien que tengas esta cosa. Te aseguro que sabrás la respuesta. Cada mañana, párate enfrente de tu boletín, señala cada cosa y dile que la quieres ya. La intensidad de tus palabras y emoción que sientas al creer tuya esta cosa son importante. Repite el mismo procedimiento por la noche con una voz más suave. Lo que pongas en tu cerebro antes de dormir, lo repites cientos de veces y se queda en el subconsciente. Entre más pienses en lo que quieres, más fácilmente llegara a ti. Dar gracias cada que veas la imagen de lo que quieres es un deber, aun cuando no lo tengas en tus manos. Por último, si hay algo muy importante para ti y no llega pronto, hay dos cosas que puedes hacer. Asegúrate de que no titubees o dudes que se cumpla, que sea muy grande o que no lo mereces, esto aleja de ti lo que más quieres. Por último, si de plano hay algo que no se manifiesta, has esta pregunta, ¿a quién tengo que perdonar en esta área?

Este es el principio de la magia, es un proceso que requiere de trabajo en tu persona. Tus pensamientos y emociones son parte esencial de este proceso. Yo en lo personal, llevo mi diario de gratitud, en donde empiezo a alterar mi realidad. El boletín de visiones es en donde pongo mis deseos más grandes. En el 2012, tenía la foto de muchos dólares y mi cartera nunca estuvo vacía. Tenía la descripción del trabajo en donde pudiera aumentar mi ingreso y en el que pudiera utilizar mis destrezas para que de esta forma lo disfrutara. En Mayo conseguí ese trabajo, sin mayor dificultad, es más fue por invitación. Recuerdo que las clases que quería tomar para ser una conferenciante costaba casi 2.000 $ y no los tenía. Puse el nombre de la clase en el boletín y el dueño de la academia lo ofreció por un costo tan bajo que pude tomarla. Pedí escribir un libro y creo que no fui muy específica porque no lo logre, pero sin embargo se me dio la oportunidad de escribir y publicar artículos para la "Bala Magazine".

Puse tantas cosas en mi boletín que se cumplieron y tengo una carpeta con todas las imágenes, fotos o notas que en él puse y se cumplieron. Esto lo hice como testimonio de que la magia (milagros o bendiciones), se nos pueden otorgar por medio de la gratitud, visualización y fe.

Gratitud

¿Crees en la magia? Me refiero a esas ocurrencias extraordinarias en tu vida que algún día deseabas que te pasaran. Si te dijera que puedes vivir en un mundo mágico en el cual puedes tener lo que desees en tu vida personal (cuerpo, mente y espíritu), en tu trabajo, en tus relaciones con otras personas, en tu economía, en tu estilo de vida, ¿te atreverías a cambiar tu realidad?.

Este es un día en la vida de Gloria Arredondo. Cada mañana despierto a las 5 am y desde el momento en que abro los ojos doy gracias por despertar a un nuevo día. En cuanto pongo mis pies en el suelo doy gracias por poder caminar y por cada miembro de mi cuerpo, por su movilidad y coordinación. Miro a mi alrededor y agradezco poder ver a mis hijos, aun dormidos, pero sé que al terminar cada día nos dormimos juntos y nos despertamos bajo el mismo techo, junto al resto de mi familia, en un lugar hermoso. Salgo a caminar a la vez que me pongo a escuchar música inspiradora. Hay una pieza instrumental que cuando la escucho me provoca una sonrisa y siento que puedo volar por los aires. A cada paso que doy voy agradeciendo por mi salud, tanto física, como mental y espiritual. Agradezco por los dones que he recibido, tanto por los que reconozco como por los que estoy por descubrir. Agradezco por la inspiración continua para poder compartir con ustedes mis experiencias y vivencias, por la oportunidad que tengo de ser una mentora para muchas mujeres que han pasado por lo mismo que a mí me ha tocado vivir, por poder usar mi voz abiertamente, por compartir mi propósito y misión en la vida. Agradezco por la abundancia que hay en mi vida, y no hablo sólo de dinero, pero la abundancia del amor, la amistad de aquellos que me rodean, por la abundancia de lugares hermosos que veo a diario, por la luna y las estrellas que me alumbran el camino, por la abundancia de milagros que la vida me concede cada día. Agradezco por la belleza que hay delante de mí, la que va quedando a mis espaldas, aquella que veo a mis costados, la belleza por la cual voy caminando, que al final es toda la belleza que me rodea. Agradezco por los momentos de soledad, el silencio y la paz que me envuelven cuando oro a mi Creador y porque puedo reconocer Su presencia en cada momento del día.

Después de orar me siento a meditar y a agradecer por el aire que respiro. Puedo visualizar como recorre mi cerebro, atravesando por mi garganta después de haber llenado de oxígeno mi corazón. Al llegar a mis pulmones me doy cuenta de cómo los expande y agradezco por la función de cada órgano de mi cuerpo. Veo como el aire, a veces acompañado de hermosos colores vibrantes, recorre cada pulgada de mi cuerpo. Después me enfoco en mi corazón, agradeciendo por la luz que allí yace y porque en él no hay lugar para dolor ni malos sentimientos. Agradezco por la habilidad de poder irradiar hacia mis semejantes ese amor que inunda mi ser. Al regresar a casa sigo dando las gracias por la intuición, la sensibilidad, la fortaleza, por estar siempre en lugar correcto haciendo las cosas que debo, por ser como soy y por confiar en Él, aquel a quien le he cedido el control de mi vida.

Al regresar a casa para comenzar el ajetreo de cada mañana y preparar a mis hijos para ir a la escuela, agradezco por sus vidas, las oportunidades y experiencias que nos esperan ese día, las que formaran parte de lo que somos. Los dejo en sus respectivas escuelas sabiendo y confiando que estarán seguros.

De camino al trabajo regularmente me desvío a las montañas para sentir en cada poro de mi cuerpo Su existencia, para escuchar la corriente del río, para sentir el viento rozar mi cara y poder presenciar la claridad del cielo. En otras ocasiones voy al templo en busca de serenidad, o para encontrar las respuestas a mis interrogantes, aquellas respuestas que Él tiene preparadas para mí. Al llegar a mi trabajo escribo en mi diario de gratitud todo lo que he mencionado. También agrego las sorpresas agradables y los milagros que me esperan durante el día. Agradezco por las personas que llegan a mi vida y su propósito en ella. Agradezco por las cosas que más deseo aun cuando no las tenga. Agradezco por un bello despertar al lado de un buen hombre que me ame. Describo en detalle cómo sería escuchar su voz, ver el brillo de sus ojos, sentir sus brazos alrededor de mi cuerpo, sentir un beso al amanecer, ver el sol entrar por nuestra ventana y muchas cosas más. Agradezco por las flores que me regalará, agradezco porque sabrá reconocerme cuando me conozca. Agradezco porque mi Creador manifestará su amor por mí por medio de mi compañero.

Al entrar a mi trabajo comienzo a agradecer por mis queridas compañeras, que hacen que mi día más ameno. Agradezco por la oportunidad que tengo de usar mis talentos y aptitudes, de forma tal que puedo disfrutar del trabajo que hago. Agradezco por mi supervisora y por mi relación con ella. Agradezco por el éxito de la compañía donde trabajo, por los incentivos, porque gracias a mi trabajo puedo ser autosuficiente y una buena proveedora para mis hijos.

Agradezco por los alimentos del día. Visualizo como al ir pasando por mi cuerpo me van dando la energía y el bienestar que necesario para vivir. Agradezco por las manos que los preparan y la tierra que lo produce. Agradezco a mi madre por recibir a mis hijos con una comida caliente cuando yo no puedo estar allí. Agradezco a diario por el apoyo que me dan mis padres y hermanos.

Al final del día y por medio de una oración, hago un recuento de los milagros que ocurrieron en mi vida y la emoción que sentí con la mejor experiencia que haya vivido ese día, con ella en mente me voy a dormir. Pareciese que vivir en gratitud es un proceso largo y desgastador, pero en verdad es un camino a un mundo mágico que me eleva, me motiva y me inspira. Cuando nos percatamos de cada bendición en nuestra vida, nuestra gratitud llega a ser cada vez más profunda y detallada. Es de esta forma que estaremos atrayendo más de estas bendiciones a nuestra vida. La Ley de Newton dice que una acción trae una reacción de igual o mayor magnitud, por lo tanto sea agradecido y así tendrá más eventos en su vida que le ayudarán a ser más agradecido.

Mi ángel

Mi ángel tiene alas glandes (mas no digo cuantas), es un ser travieso y en extinción, tanto es así que teme que le secuestren. Dios cuando lo creó, estaba fanfarroneando. Su corazón fue hecho de bombón, suave y pegajoso. Me entiende y lloramos juntos como nenas, ¡ainsss!... es que tiene su lado femenino bien desarrollado, hasta sus pechos son grandes. Es un artista, su voz es angelical melodía, el ¡Hosanna! le sale mejor al alcanzar el clímax. Sus manos son fuertes, firmes y precisas de artesano, amasador de arcilla. Entre sus alas, carga un pincel. Es pintor impresionista, que con dulces pero brillantes colores me salpica y embarra mis contornos de abajo hacia arriba.

Con suavidad se desliza por el lienzo blanco de mi vida, dejando paisajes nítidos en mis pupilas. Su escondite favorito está en el fin del mundo. Es un castillo de hielo, que contiene monumentos de los lugares que en sueños visita. Le extraño en las estaciones del año cuando se va a renovar el plumaje de sus alas. Y cada vez que puedo le hago drama, no le dejo olvidar que soy Venusina.

Es libre por sí mismo y con sus alas vuela, pero si nos las tuviera o si la cera que junta sus plumas se le derritiera con el sol, yo le construiría otras, porque es su libertad la que me asegura que cuando vuela hacia mí es porque gusta de mi compañía, pues no me debe nada, ni yo a él.

Despedida

He regresado al puerto en donde te soñé por primera vez. Repliqué lo que hice aquel día, más el sol no brillaba igual, la brisa era aún más densa, el paisaje era gris y frío. Con el fin de cambiar ese sentimiento que me invadió con tu ausencia, camine hacia el mar. Mientras mojaba mis piernas, tomaba de la fría agua y mojaba mis brazos y mi cuello. Use la arena entre el agua para tallar mi piel, como un símbolo de exfoliación a la tristeza que la soledad trae e invade mi ser. Purifiqué mi cuerpo y mi mente entre las olas. Mire al cielo en forma de plegaria, quería verte. Las nubes cambiaban de forma y se movían con rapidez o el movimiento de la arena bajo mis pies, hacían que mi percepción de las cosas a mi alrededor cambiarán de posiciones en ese momento. Empecé a marearme y sólo corrí a la orilla, me recosté y cerré los ojos. Sentí que mi cuerpo caía en un abismo, bueno... esa sensación sentía mi estómago. Cuando toqué fondo, abrí los ojos. Me percate que mi cuerpo yacía reposando quieto en la playa y mi rostro era de paz. Lo había dejado, sentí como éste, a veces, es una limitación. Ahora puedo recorrer lugares en tu búsqueda. Aunque presiento en donde encontrarte.

Todo es tan diferente cuando lo ves con el alma, puedo ver claramente el rastro que has dejado en la arena cerca del muelle, en nuestra montaña. Cerca del río se escucha el eco lejano de tu voz, en forma de canto de aves. Has dejado mi nombre en una alfombra de coloridas flores. La luna alumbra casi como el sol que está en tu corazón. Tu aroma esta entre los cedros, en los que a sus pies muchas veces descanse. El viento es fresco como tu aliento, tu huella amor está en la naturaleza.

¡Ahí estas! Sólo podría reconocerte mi alma. Hermoso espejismo en desierto. Duermes cómo un pequeño travieso. Seguro que si te hablo seré parte de tu sueño. Entonces escucha. ¡Te he esperado tanto tiempo!... pero ya no me hace bien vivir de esperanza, me crea ansiedad tu ausencia. Es tiempo de tomar las riendas de mi corazón y razón. Mis promesas de amor quedan aquí contigo. Es una lástima que teniéndote frente a mí, no me vea en lo profundo de tus ojos o la luz de tu sonrisa.

Me llevaré preguntas sin respuestas. No sé qué tanto sientas mis dedos enredados en tu cabello, o el roce de mis labios que recorren con ternura tu frente, tus ojos, tu nariz larga y si sentirás el presionar tus labios con los míos, mientras les recorro. ¿Sientes el cosquilleo en tu cuello cuando lo beso? Mira qué tu torso si es de toro bravo, muy masculino. Tus brazos largos me hubieran protegido a la perfección. ¿Cuantas veces guíe esas manos largas, con tan definidas líneas al edén prohibido? Déjame besar tu ombligo, mientras acaricio tus piernas y peino el poblado bello que las cubre.

Nunca te pregunté amor, como querías ser amado, sólo recibí de ti todo lo que necesitaba para tocar la Gloria. No sé qué será peor, recordarte en sueños o no volverte a soñar.

El tiempo pasará y borraré lo que no pudo ser, romperé en pedazos las memorias que en castillos yo inventé. Es tiempo de vivir el insomnio que anestesia a la humanidad y vivir en mi propia piel. Al fin y al cabo, soy Alfonsina vestida de mar, que podías esperar.

Erotismo

Amor s ensual. Carácter de lo que excita el amor sensual. Exaltación del amor físico en el arte." - Diccionario de la Real Academia de la Lengua

Versión de un gran escritor en este género (gran amigo):

"Sexo con buen gusto, sensualidad, emoción y emotividad relacionada con la sexualidad de dos seres que se desean. Tiene que ver también con la belleza formal tanto visual como literaria, y en general de los sentidos, pero no explícita sino insinuada, sugerida, imaginada...
No hay nada tan hermoso, bello y excitante como el buen arte erótico sea texto, pintura, escultura, fotografía, vídeo o acto... y siempre con buen gusto, buscando la belleza y la pasión entreveradas y en equilibrio, huyendo del mismo modo de la ñoñería y de la grosería soez. El Erotismo es belleza, la belleza es arte y el arte es emoción..." - **Ulises Icaro**

Mi próximo libro es un libro que contiene el más delicado erotismo, pero al mencionar esta palabra no puedo ignorar las reacciones de ciertas personas, unas se espantan, unas se quedan anonadadas, unas sé que critican y no falta el morbo en otras. Por eso este artículo educativo sobre el tema.

En lo personal, el erotismo es el arte de amar. El transmitir, pintar, describir imágenes en la mente del lector, acompañadas con el estímulo de todos sus sentidos. Que al leer pueda desplazarse al escenario en donde se encuentra el escritor y pueda palpar, oler, escuchar y sentir otra realidad en donde se vuelve protagonista. Aunque el lector tiene la libertad de vivir, amenizar, distorsionar y hasta ensuciar el escrito.

La mayor parte de mi vida se puede decir que viví ciega a la belleza que me rodeaba. Empecé a buscar esos lugares que me llenaban y me hacían vivir una sensación de plenitud, un sentimiento de éxtasis, como si mi corazón tuviera tanta luz que no sabía cómo expresar tal sentimiento. Empecé a comparar la magnificencia que veía desde la cima de una montaña, el caminar entre las hojas secas de un bosque, lo cauteloso de los ríos que seguido me llamaban, las tormentas eléctricas, las lloviznas, él va y ven de las olas, todo sonido y aromas envueltos en un momento de intimidad. Tanta energía se transformaba en letras que invadían mis pensamientos, mis dedos buscaban liberarlas en papel.
Al dejar fluir las palabras fue aumentando la capacidad de describir un beso con flores, chocolates, menta y miel; una mirada con galaxias, estrellas, luz y destellos, etc. Un "tócame" se convirtió en un prensa, sostén, desliza, recorre, presiona, trinea, pellizca, araña, rosa, levanta, recorre, etc. Un "bésame" cambio por un prensa, talla, muerde, chupa, cata, delinea, etc.

El erotismo es delicadamente descriptivo. En el escrito, lleva palabras que son puertas secretas a la imaginación del lector. En la pintura y escultura, se hace honor a lo divino del cuerpo humano y/o lo sagrado del acto sexual, con al suavidad en cada línea y contorno. En la música las notas penetran el alma y crean emociones, ni se diga la letra (Cama y Mesa de Roberto Carlos), aunque no hay nada más erótico que ver a un músico usar sus manos y labios para crear armonía.

El escritor erótico, no tiene filtro en sus ojos... ve magnificencia por todos lados y puede describirla con sílabas y consonantes. Más "todo romántico necesita un imposible sobre el que escribir"... El mío es el hombre de mis sueños, silueta de energía brillante color naranja, que no tiene nombre, voz, ni rostro, más con intensidad y a veces con ternura me ama. Mi mal no tiene cura, he sido de amor ("patología crónica, mal curada y progresiva") desahuciada.

Es arte describir la magia de un momento de intimidad con la física, química, música, biología, geografía y lo todo lo que termina en ía. Cada escritor tiene su estilo, unos incluyen más romance, provocación, humor y/o picardía. Que no te asusten las palabras desconocidas y te prevengan de conocer diferentes mundos o crear los tuyos.